L'AFFAIRE SAINT-FIACRE

Georges Simenon, écrivain belge de langue française, est né à Liège en 1903. À seize ans, il devient journaliste à *La Gazette de Liège*. Son premier roman, signé sous le pseudonyme de Georges Sim, paraît en 1921 : *Au pont des Arches, petite histoire liégeoise*. En 1922, il s'installe à Paris et écrit des contes et des romans-feuilletons dans tous les genres. Près de deux cents romans parus entre 1923 et 1933, un bon millier de contes, et de très nombreux articles... En 1929, Simenon rédige son premier Maigret : *Pietr le Letton*. Lancé par les éditions Fayard en 1931, le commissaire Maigret devient vite un personnage très populaire. Simenon écrira en tout soixante-douze aventures de Maigret (ainsi que plusieurs recueils de nouvelles). Peu de temps après, Simenon commence à écrire ce qu'il appellera ses « romans-romans » ou ses « romans durs » : plus de cent dix titres, du *Relais d'Alsace* (1931) aux *Innocents* (1972). Parallèlement à cette activité littéraire foisonnante, il voyage beaucoup. À partir de 1972, il décide de cesser d'écrire. Il se consacre alors à ses vingt-deux *Dictées*, puis rédige ses gigantesques *Mémoires intimes* (1981). Simenon s'est éteint à Lausanne en 1989. Beaucoup de ses romans ont été adaptés au cinéma et à la télévision.

GEORGES SIMENON

L'Affaire Saint-Fiacre

PRESSES DE LA CITÉ

ISBN : 978-2-253-14293-5 – 1re publication - LGF

1

La petite fille qui louchait

Un grattement timide à la porte ; le bruit d'un objet posé sur le plancher ; une voix furtive :

— Il est cinq heures et demie ! Le premier coup de la messe vient de sonner...

Maigret fit grincer le sommier du lit en se soulevant sur les coudes et tandis qu'il regardait avec étonnement la lucarne percée dans le toit en pente la voix reprit :

— Est-ce que vous communiez ?

Maintenant le commissaire Maigret était debout, les pieds nus sur le plancher glacial. Il marcha vers la porte qui fermait à l'aide d'une ficelle enroulée à deux clous. Il y eut des pas qui fuyaient et quand il fut dans le couloir il eut juste le temps d'apercevoir une silhouette de femme en camisole et en jupon blanc.

Alors il ramassa le broc d'eau chaude que Marie Tatin lui avait apporté, ferma sa porte, chercha un bout de miroir devant lequel se raser.

La bougie n'en avait plus que pour quelques minutes à vivre. Au-delà de la lucarne, c'était encore la nuit complète, une nuit froide d'hiver naissant. Quelques feuilles mortes subsistaient aux branches des peupliers de la grand-place.

Maigret ne pouvait se tenir debout qu'au centre de la mansarde, à cause de la double pente du toit. Il avait froid. Toute la nuit un filet d'air, dont il n'avait pu repérer l'origine, avait glacé sa nuque.

Mais justement cette qualité de froid le troublait en le plongeant dans une ambiance qu'il croyait avoir oubliée.

Le premier coup de la messe... Les cloches sur le village endormi... Quand il était gosse, Maigret ne se levait pas si tôt... Il attendait le deuxième coup, à six heures moins un quart, parce qu'en ce temps-là il n'avait pas besoin de se raser... Est-ce que seulement il se débarbouillait ?

On ne lui apportait pas d'eau chaude... Il arrivait que l'eau fût gelée dans le broc... Peu après ses souliers sonnaient sur la route durcie...

Maintenant, tandis qu'il s'habillait, il entendait Marie Tatin qui allait et venait dans la salle de l'auberge, secouait la grille du poêle, entrechoquait de la vaisselle, tournait le moulin à café.

Il endossa son veston, son pardessus. Avant de sortir, il prit dans son portefeuille un papier épinglé d'un papillon administratif qui portait la mention :

Police municipale de Moulins.
Transmis à toutes fins utiles à la Police Judiciaire de Paris.

Puis une feuille quadrillée. Une écriture appliquée :

Je vous annonce qu'un crime sera commis à l'église de Saint-Fiacre pendant la première messe du Jour des Morts.

Le papier avait traîné pendant plusieurs jours dans les bureaux du Quai des Orfèvres. Maigret l'avait aperçu par hasard, s'était étonné.

— Saint-Fiacre, par Matignon ?

— C'est probable, puisque cela nous est transmis par Moulins.

Et Maigret avait mis le papier dans sa poche. Saint-Fiacre ! Matignon ! Moulins ! Des mots qui lui étaient plus familiers que tous les autres.

Il était né à Saint-Fiacre, où son père avait été pendant trente ans régisseur du château ! La dernière fois qu'il s'y était rendu, c'était justement à la mort de son père, qu'on avait enterré dans le petit cimetière, derrière l'église.

... un crime sera commis... pendant la première messe...

Maigret était arrivé la veille. Il était descendu à l'unique auberge, celle de Marie Tatin.

Elle ne l'avait pas reconnu, mais il l'avait reconnue, lui, à cause de ses yeux. La petite fille qui louchait, comme on l'appelait jadis ! Une petite fille malingre qui était devenue une vieille fille encore plus maigre, louchant de plus en plus, s'agitant sans fin dans la salle, dans la cuisine, dans la cour où elle élevait des lapins et des poules !

Le commissaire descendit. En bas, c'était éclairé au pétrole. Le couvert était mis dans un coin. Du gros pain gris. Une odeur de café à la chicorée, du lait bouillant.

— Vous avez tort de ne pas communier un jour comme aujourd'hui ! Surtout que vous vous donnez la peine d'aller à la première messe... Mon Dieu ! Voilà déjà le second coup qui sonne !...

La voix des cloches était frêle. On entendit des pas sur la route. Marie Tatin s'enfuit dans sa cuisine pour y passer sa robe noire, ses gants de fil, son petit chapeau que le chignon empêchait de tenir droit.

— Je vous laisse finir de manger... Vous fermerez la porte à clef ?...

— Mais non ! Je suis prêt...

Elle fut confuse de faire la route avec un homme ! Un homme qui venait de Paris ! Elle trottait menu, penchée en avant, dans le froid matin. Des feuilles mortes voletaient sur le sol. Leur froissement sec indiquait qu'il avait gelé pendant la nuit.

Il y avait d'autres ombres qui convergeaient vers la porte vaguement lumineuse de l'église. Les cloches sonnaient toujours. Quelques lumières aux fenêtres des maisons basses : des gens qui s'habillaient en hâte pour la première messe.

Et Maigret retrouvait les sensations d'autrefois : le froid, les yeux qui picotaient, le bout des doigts gelé, un arrière-goût de café. Puis, en entrant dans l'église, une bouffée de chaleur, de lumière douce ; l'odeur des cierges, de l'encens...

— Vous m'excusez... J'ai mon prie-Dieu... dit-elle.

Et Maigret reconnut la chaise noire à accoudoir de velours rouge de la vieille Tatin, la mère de la petite fille qui louchait.

La corde que le sonneur venait de lâcher frémissait encore au fond de l'église. Le sacristain achevait d'allumer les cierges.

Combien étaient-ils, dans cette réunion fantomatique de gens mal réveillés ? Une quinzaine au plus. Il n'y avait que trois hommes : le bedeau, le sonneur et Maigret.

... un crime sera commis...

A Moulins, la police avait cru à une mauvaise plaisanterie et ne s'était pas inquiétée. A Paris, on s'était étonné de voir partir le commissaire.

Celui-ci entendait du bruit, derrière la porte placée à droite de l'autel, et il pouvait deviner seconde par seconde ce qui se passait : la sacristie, l'enfant de chœur en retard, le curé qui, sans un mot, passait sa chasuble, joignait les mains, se dirigeait vers la nef, suivi par le gamin trébuchant dans sa robe...

Le gamin était roux. Il agita sa sonnette. Le murmure des prières liturgiques commença.

... pendant la première messe...

Maigret avait regardé une à une toutes les ombres. Cinq vieilles femmes, dont trois avaient leur prie-Dieu réservé. Une grosse fermière. Des paysannes plus jeunes et un enfant...

Un bruit d'auto, dehors. Le grincement d'une portière. Des pas menus, légers, et une dame en deuil qui traversait toute l'église.

Dans le chœur, il y avait un rang de stalles, réservées aux gens du château, des stalles dures, en vieux bois tout poli. Et c'est là que la femme s'installa, sans bruit, suivie par le regard des paysannes.

Requiem aeternam dona eis, Domine...

Maigret eût peut-être encore pu donner la réplique au prêtre. Il sourit en pensant que jadis il préférait les messes de mort aux autres, parce que les oraisons sont plus courtes. Il se souvenait de messes célébrées en seize minutes !

Mais déjà il ne regardait plus que l'occupante de la stalle gothique. Il apercevait à peine son profil. Il hésitait à reconnaître la comtesse de Saint-Fiacre.

Dies irae, dies illa...

C'était bien elle, pourtant ! Mais quand il l'avait vue pour la dernière fois elle avait vingt-cinq ou vingt-six ans. C'était une femme grande, mince, mélancolique, qu'on apercevait de loin dans le parc.

Et maintenant elle devait avoir soixante ans bien sonnés... Elle priait ardemment... Elle avait un visage émacié, des mains trop longues, trop fines, qui étreignaient un missel...

Maigret était resté au dernier rang des chaises de paille, celles qu'à la grand-messe on fait payer cinq centimes mais qui sont gratuites aux messes basses.

... un crime sera commis...

Il se leva avec les autres au premier Evangile. Des détails le sollicitaient de toutes parts et des souvenirs s'imposaient à lui. Par exemple, il pensa soudain :

— Le Jour des Morts, le même prêtre célèbre trois messes...

De son temps, il déjeunait chez le curé, entre la seconde et la troisième. Un œuf à la coque et du fromage de chèvre !

C'était la police de Moulins qui avait raison ! Il ne pouvait pas y avoir de crime ! Le sacristain avait pris place au bout des stalles, quatre places plus loin que la comtesse. Le sonneur était parti à pas lourds, comme un directeur de théâtre qui ne se soucie pas d'assister à son spectacle.

D'hommes, il n'y avait plus que Maigret et le prêtre, un jeune prêtre au regard passionné de mystique. Il ne se pressait pas, comme le vieux curé que le commissaire avait connu. Il n'escamotait pas la moitié des versets.

Les vitraux pâlissaient. Dehors, le jour se levait. Une vache meuglait dans une ferme.

Et bientôt tout le monde courbait l'échine pour l'Elévation. La grêle sonnette de l'enfant de chœur tintait.

Il n'y eut que Maigret à ne pas communier. Toutes les femmes s'avancèrent vers le banc, mains jointes, visage hermétique. Des hosties, si pâles qu'elles semblaient irréelles, passaient un instant dans les mains du prêtre.

Le service continuait. La comtesse avait le visage dans les mains.

Pater Noter...
Et ne nos inducas in tentationem...

Les doigts de la vieille dame se disjoignaient, découvraient le faciès tourmenté, ouvraient le missel.

Encore quatre minutes ! Les oraisons. Le dernier Evangile ! Et ce serait la sortie ! Et il n'y aurait pas eu de crime !

Car l'avertissement disait bien : *la première messe...*

La preuve que c'était fini, c'est que le bedeau se levait, pénétrait dans la sacristie...

La comtesse de Saint-Fiacre avait à nouveau la tête entre les mains. Elle ne bougeait pas. La plupart des autres vieilles étaient aussi rigides.

Ite missa est... La messe est dite...

Alors seulement Maigret sentit combien il avait été angoissé. Il s'en était à peine rendu compte. Il poussa un involontaire soupir. Il attendit avec impatience la fin du dernier Evangile, en pensant qu'il allait respirer l'air frais du dehors, voir les gens s'agiter, les entendre parler de choses et d'autres...

Les vieilles s'éveillaient toutes à la fois. Les pieds remuaient sur les froids carreaux bleus du temple. Une paysanne se dirigea vers la sortie, puis une autre. Le sacristain parut avec un éteignoir et un filet de fumée bleue remplaça la flamme des bougies.

Le jour était né. Une lumière grise pénétrait dans la nef en même temps que des courants d'air.

Il restait trois personnes... Deux... Une chaise remuait... Il ne restait plus que la comtesse et les nerfs de Maigret se crispèrent d'impatience...

Le sacristain, qui avait terminé sa tâche, regarda Mme de Saint-Fiacre. Une hésitation passa sur son visage. Au même moment le commissaire s'avança.

Ils furent deux tout près d'elle, à s'étonner de son immobilité, à chercher à voir le visage que cachaient les mains jointes.

Maigret, impressionné, toucha l'épaule. Et le corps vacilla, comme si son équilibre n'eût tenu qu'à un rien, roula par terre, resta inerte.

La comtesse de Saint-Fiacre était morte.

On avait transporté le corps dans la sacristie où on l'avait étendu sur trois chaises mises côte à côte. Le sacristain était sorti en courant pour aller chercher le médecin du hameau.

Et Maigret en oubliait ce que sa présence avait d'insolite. Il mit plusieurs minutes à comprendre l'interrogation soupçonneuse que contenait le regard ardent du prêtre.

— Qui êtes-vous ? questionna enfin celui-ci. Comment se fait-il que...

— Commissaire Maigret, de la Police Judiciaire.

Il regarda le curé en face. C'était un homme

de trente-cinq ans, aux traits réguliers mais si graves qu'ils évoquaient la foi farouche des moines d'autrefois.

Un trouble profond l'agitait. Une voix moins ferme murmura :

— Vous ne voulez pas dire que... ?

On n'avait pas encore osé dévêtir la comtesse. On avait posé en vain un miroir sur ses lèvres. On avait écouté son cœur qui ne battait plus.

— Je ne vois pas de blessure... se contenta de répliquer Maigret.

Et il regardait autour de lui ce décor immuable auquel trente années n'avaient changé aucun détail. Les burettes étaient à la même place et la chasuble préparée pour la messe suivante, et la robe et le surplis de l'enfant de chœur.

Le jour sale qui pénétrait par une fenêtre en ogive délayait les rayons d'une lampe à huile.

Il faisait à la fois chaud et froid. Le prêtre était assailli par des pensées terribles.

— On ne peut pourtant pas prétendre...

Un drame ! Maigret ne comprit pas tout d'abord. Mais des souvenirs de son enfance continuaient à remonter comme des bulles d'air.

... Une église où un crime a été commis doit être à nouveau sanctifiée par l'évêque...

Comment pouvait-il y avoir eu crime ? On n'avait pas entendu de coup de feu ! Personne ne s'était approché de la comtesse ! Pendant toute la messe, Maigret ne l'avait pour ainsi dire pas quittée des yeux !

Et il n'y avait pas de sang versé, pas de blessure apparente !

— La seconde messe est à sept heures, n'est-ce pas ?

Ce fut un soulagement d'entendre les pas lourds du médecin, un bonhomme sanguin que l'atmosphère impressionna et qui regarda tour à tour le commissaire et le curé.

— Morte ? questionna-t-il.

Il n'hésita pourtant pas, lui, à dégrafer le corsage, pendant que le prêtre détournait la tête. Des pas lourds dans l'église. Puis la cloche que le sonneur mettait en branle. Le premier coup de la messe de sept heures.

— Je ne vois qu'une embolie pour... Je n'étais pas le médecin attitré de la comtesse, qui préférait se faire soigner par un confrère de Moulins... Mais j'ai été appelé deux ou trois fois au château... Elle avait le cœur très malade...

La sacristie était exiguë. Les trois hommes et le cadavre y tenaient à peine. Deux enfants de chœur arrivaient, car la messe de sept heures était une grand-messe.

— Sa voiture doit être dehors ! dit Maigret. Il faut la faire transporter chez elle.

Et il sentait toujours peser sur lui le regard angoissé du prêtre. Celui-ci avait-il deviné quelque chose ? Toujours est-il que, pendant que le sacristain, aidé par le chauffeur,

18

conduisait le corps vers la voiture, il s'approcha du commissaire.

— Vous êtes sûr que... Il me reste deux messes à dire... C'est le Jour des Morts... Mes fidèles sont...

Puisque la comtesse était morte d'une embolie, est-ce que Maigret n'avait pas le droit de rassurer le curé ?

— Vous avez entendu ce qu'a dit le docteur...

— Pourtant vous êtes venu ici, aujourd'hui, justement à cette messe...

Maigret fit un effort pour ne pas se troubler.

— Un hasard, monsieur le curé... Mon père est enterré dans votre cimetière...

Et il hâta le pas vers l'auto, un coupé d'un vieux modèle, dont le chauffeur tournait la manivelle. Le médecin ne savait que faire. Il y avait quelques personnes sur la place, qui ne comprenaient rien à ce qui arrivait.

— Venez avec nous...

Mais le cadavre prenait toute la place à l'intérieur. Maigret et le médecin se serrèrent à côté du siège.

— Vous avez l'air étonné par ce que je vous ai dit... murmura le praticien qui n'avait pas encore repris tout son aplomb. Si vous connaissiez la situation, vous comprendriez peut-être... La comtesse...

Il se tut en regardant le chauffeur en livrée noire qui conduisait sa voiture d'un air absent. On traversait la grand-place en pente, bornée d'une part par l'église érigée sur le talus, de l'autre par l'étang Notre-Dame qui, ce matin-là, était d'un gris vénéneux.

L'auberge de Marie Tatin était à droite, la première maison du village. A gauche, c'était une allée bordée de chênes et, tout au fond, la masse sombre du château.

Un ciel uniforme, aussi froid qu'une patinoire.

— Vous savez que cela va faire des drames... C'est pour cela que le curé tire une sale tête.

Le Dr Bouchardon était un paysan, fils de paysans. Il portait un costume de chasse brun, des hautes bottes de caoutchouc.

— Je partais au canard dans les étangs...

— Vous n'allez pas à la messe ?

Le docteur fit un clin d'œil.

— Remarquez que cela ne m'empêchait pas d'être copain avec l'ancien curé... Mais celui-ci...

On pénétrait dans le parc. On distinguait maintenant les détails du château, les fenêtres du rez-de-chaussée aveuglées par les volets, les deux tours d'angle, seules parties anciennes du bâtiment.

Quand la voiture stoppa près du perron, Maigret plongea le regard par les fenêtres grillagées, à ras du sol, et il entrevit les cuisines remplies de buée, une grosse femme occupée à plumer des perdreaux.

Le chauffeur ne savait que faire, n'osait pas ouvrir les portières du coupé.

— Monsieur Jean ne doit pas être levé...

— Appelez n'importe qui... Il y a d'autres domestiques dans la maison ?...

Maigret avait les narines humides. Il faisait vraiment froid. Il resta debout dans la cour avec le médecin qui se mit à bourrer une pipe.

— Qui est ce monsieur Jean ?

Bouchardon haussa les épaules en esquissant un drôle de sourire.

— Vous allez le voir.

— Mais enfin, qui est-ce ?

— Un jeune homme... Un charmant jeune homme...

— Un parent ?

— Si vous voulez !... A sa manière !... Bah ! autant vous le dire tout de suite... C'est l'amant de la comtesse... Officiellement, c'est son secrétaire...

Et Maigret regardait le docteur dans les yeux, se souvenait d'avoir été à l'école avec lui ! Seulement, personne ne le reconnaissait ! Il avait quarante-deux ans ! Il avait pris de l'embonpoint !

Le château, il le connaissait mieux que quiconque ! Surtout les communs ! Il lui suffisait de faire quelques pas pour apercevoir la maison du régisseur, où il était né.

Et c'étaient peut-être ces souvenirs qui le troublaient à ce point ! Surtout le souvenir de la comtesse de Saint-Fiacre telle qu'il l'avait connue : une jeune femme qui avait personnifié, pour le gamin du peuple qu'il était, toute la féminité, toute la grâce, toute la noblesse...

Elle était morte ! On l'avait poussée, comme

21

une chose inerte, dans le coupé, et on avait dû replier ses jambes ! On n'avait même pas rattaché son corsage et du linge blanc jaillissait du noir de la robe de deuil !

... un crime sera commis...

Mais le médecin affirmait qu'elle était morte d'une embolie ! Quel démiurge avait pu prévoir cela ? Et pourquoi convoquer la police ?

On courait, dans le château. Des portes s'ouvraient et se refermaient. Un maître d'hôtel, qui n'était qu'à moitié en livrée, entrouvrait l'huis principal, hésitait à s'avancer. Un homme se montrait derrière lui, en pyjama, les cheveux en désordre, les yeux fatigués.

— Qu'est-ce que c'est ? criait-il.

— Le maquereau ! grogna le médecin cynique à l'oreille de Maigret.

La cuisinière avait été alertée aussi. Par la fenêtre de son sous-sol, elle regardait en silence. Des lucarnes s'ouvraient sous les combles, dans les chambres de domestiques.

— Eh bien ! Qu'est-ce qu'on attend pour transporter la comtesse dans son lit ? tonna Maigret avec indignation.

Tout cela lui semblait sacrilège, parce que cela ne concordait pas avec ses souvenirs d'enfance. Il en ressentait un malaise non seulement moral mais physique !

La cloche sonnait le second coup de la messe. Les gens devaient se presser. Il y avait des fermiers qui venaient de loin, en carriole ! Et ils avaient apporté des fleurs à déposer sur les tombes du cimetière !

Jean n'osait pas s'approcher. Le maître d'hôtel, qui avait ouvert la portière, restait atterré, sans en faire davantage.

— Madame la comtesse... Madame la... balbutiait-il.

— Alors ?... Vous allez la laisser là ?... Hein ?...

Pourquoi diable le docteur avait-il un sourire ironique ?

Maigret usa d'autorité.

— Allons ! Deux hommes... Vous ! (il désignait le chauffeur)... et vous ! (il désignait le domestique)... Transportez-la dans sa chambre...

Et tandis qu'ils se penchaient vers le coupé, une sonnerie retentit dans le hall.

— Le téléphone !... C'est étrange, à cette heure-ci !... grommela Bouchardon.

Jean n'osait pas aller répondre. Il semblait avoir perdu conscience. Ce fut Maigret qui se précipita à l'intérieur, décrocha l'appareil.

— Allô !... Oui, le château...

Et une voix toute proche :

— Voulez-vous me passer ma mère ? Elle doit être rentrée de la messe...

— Qui est à l'appareil ?

— Le comte de Saint-Fiacre... D'ailleurs, cela ne vous regarde pas... Passez-moi ma mère...

— Un instant... Voulez-vous me dire d'où vous téléphonez ?...

— De Moulins ! Mais, sacrebleu, je vous dis de...

— Venez ! Cela vaudra mieux ! se contenta d'articuler Maigret en raccrochant.

Et il dut se coller au mur pour laisser passer le corps que transportaient les deux domestiques.

2

Le missel

— Vous entrez ? questionna le médecin dès que la morte fut étendue sur son lit. J'ai besoin de quelqu'un pour m'aider à la déshabiller.

— Nous trouverons une femme de chambre ! dit Maigret.

Et, en effet, Jean monta à l'étage au-dessus et en revint un peu plus tard en compagnie d'une femme d'une trentaine d'années qui jetait autour d'elle des regards effrayés.

— Filez ! grommela alors le commissaire à l'adresse des domestiques qui ne demandaient pas mieux.

Il retint Jean par la manche, le regarda des pieds à la tête, l'amena dans l'embrasure d'une fenêtre.

— Dans quels termes êtes-vous avec le fils de la comtesse ?

— Mais... je...

Le jeune homme était maigre et son pyjama rayé, d'une propreté douteuse, n'ajoutait pas à son prestige. Son regard fuyait celui de Maigret. Il avait la manie de tirer sur ses doigts comme pour les allonger.

— Attendez ! l'interrompit le commissaire. Nous allons parler net, afin de gagner du temps.

Derrière la lourde porte de chêne de la chambre, on entendait des allées et venues, le grincement des ressorts du lit, des ordres donnés à mi-voix à la femme de chambre par le Dr Bouchardon : on dévêtait la morte !

— Quelle est exactement votre situation au château ? Depuis combien de temps y êtes-vous ?

— Depuis quatre ans...

— Vous connaissiez la comtesse de Saint-Fiacre ?

— Je... c'est-à-dire que je lui ai été présenté par des amis communs... Mes parents venaient d'être ruinés par le krach d'une petite banque de Lyon... Je suis entré ici comme homme de confiance, pour m'occuper des affaires personnelles de...

— Pardon ! Que faisiez-vous auparavant ?

— Je voyageais... J'écrivais des articles de critique d'art...

Maigret ne sourit pas. L'atmosphère, d'ailleurs, ne prêtait pas à l'ironie.

Le château était vaste. Du dehors, il ne manquait pas d'allure. Mais l'intérieur avait

26

un aspect aussi miteux que le pyjama du jeune homme. Partout de la poussière, des vieilles choses sans beauté, un amas d'objets inutiles. Les tentures étaient fanées.

Et sur les murs, on voyait des traces plus claires qui prouvaient que des meubles avaient été enlevés.

Les plus beaux, évidemment ! Ceux qui avaient quelque valeur !

— Vous êtes devenu l'amant de la comtesse...

— Chacun est libre d'aimer qui...

— Imbécile ! gronda Maigret en tournant le dos à son interlocuteur.

Comme si les choses n'étaient pas évidentes par elles-mêmes ! Il n'y avait qu'à regarder Jean ! Il n'y avait qu'à respirer quelques instants l'air du château ! Et surprendre les regards des domestiques !

— Vous saviez que son fils allait venir ?

— Non... Qu'est-ce que cela peut me faire ?

Et son regard fuyait toujours. De la main droite, il tiraillait les doigts de la main gauche.

— Je voudrais bien m'habiller... Il fait froid... Mais pourquoi la police s'occupe-t-elle de... ?

— Allez vous habiller, oui !

Et Maigret poussa la porte de la chambre, évita de regarder vers le lit sur lequel la morte était entièrement nue.

La chambre ressemblait au reste de la maison. Elle était trop vaste, trop froide, encombrée de vieux objets dépareillés. En voulant s'accouder au marbre de la cheminée, Maigret s'aperçut qu'il était cassé.

— Vous avez trouvé quelque chose ? demanda le commissaire à Bouchardon. Un instant... Vous voulez nous laisser, mademoiselle ?

Et il referma la porte derrière la femme de chambre, alla coller son front à la fenêtre, laissant errer son regard sur le parc tout feutré de feuilles mortes et de grisaille.

— Je ne puis que vous confirmer ce que je vous ai dit tout à l'heure. La mort est due à un arrêt brusque du cœur.

— Provoqué par ?...

Geste vague du médecin, qui jeta une couverture sur le cadavre et rejoignit Maigret à la fenêtre, alluma sa pipe.

— Peut-être par une émotion... Peut-être par le froid... Est-ce qu'il faisait froid dans l'église ?

— Au contraire ! Bien entendu, vous n'avez trouvé aucune trace de blessure ?

— Aucune !

— Pas même la trace à peine perceptible d'une piqûre ?

— J'y ai pensé... Rien !... Et la comtesse n'a absorbé aucun poison... Vous voyez qu'il serait difficile de prétendre...

Maigret avait le front dur. Il apercevait à gauche, sous les arbres, le toit rouge de la maison du régisseur où il était né.

— En deux mots... La vie du chateau ?... questionna-t-il à mi-voix.

— Vous en savez autant que moi... Une de ces femmes qui sont des modèles de bonne conduite jusqu'à quarante ou quarante-cinq ans... C'est alors que le comte est mort, que le fils est allé à Paris poursuivre ses études...

— Et ici ?

— Il est venu des secrétaires, qui restaient plus ou moins longtemps... Vous avez vu le dernier...

— La fortune ?

— Le château est hypothéqué... Trois fermes sur quatre sont vendues... De temps en temps un antiquaire vient chercher ce qui a encore de la valeur...

— Et le fils ?

— Je le connais mal ! On dit que c'est un numéro...

— Je vous remercie !

Maigret allait sortir. Bouchardon le poursuivit.

— Entre nous, je serais curieux de savoir par quel hasard vous étiez précisément à l'église ce matin...

— Oui ! c'est étrange...

— J'ai l'impression de vous avoir déjà vu quelque part...

— C'est possible...

Et Maigret hâta le pas le long du couloir. Il avait la tête un peu vide, parce qu'il n'avait pas assez dormi. Peut-être aussi avait-il pris froid à l'auberge de Marie Tatin. Il aperçut Jean qui descendait l'escalier, vêtu d'un complet gris mais encore chaussé de pantoufles. Au même moment une voiture à échappement libre pénétrait dans la cour du château.

C'était une petite auto de course, peinte en jaune canari, longue, étroite, inconfortable. Un homme en manteau de cuir faisait l'instant d'après irruption dans le hall, retirait son casque, lançait :

— Hello ! Quelqu'un !... Tout le monde dort encore, ici ?...

Mais il aperçut Maigret qu'il regarda curieusement.

— Qu'est-ce que... ?

— Chut !... Il faut que je vous parle...

A côté du commissaire, Jean était pâle, inquiet. En passant, le comte de Saint-Fiacre lui envoya un léger coup de poing à l'épaule, plaisanta :

— Toujours ici, crapule !

Il n'avait pas l'air de lui en vouloir. Seulement de le mépriser profondément.

— Il ne se passe rien de grave, au moins ?

— Votre mère est morte ce matin, à l'église.

Maurice de Saint-Fiacre avait trente ans, le même âge que Jean. Ils étaient de même taille, mais le comte était large, un peu gras. Et tout son être, surtout dans son vêtement de cuir, respirait une vie allègre. Ses yeux clairs étaient gais, moqueurs.

Il fallut les paroles de Maigret pour lui faire froncer les sourcils.

— Qu'est-ce que vous dites ?

30

— Venez par ici.

— Ça, par exemple !... Moi qui...

— Qui... ?

— Rien ! Où est-elle ?...

Il était ahuri, dérouté. Dans la chambre, il souleva juste assez la couverture pour apercevoir le visage de la morte.

Pas d'explosion de douleur. Pas de larmes. Pas de gestes dramatiques. Seulement deux mots murmurés.

— Pauvre vieille !...

Jean avait cru devoir marcher jusqu'à la porte et l'autre l'aperçut, lui lança :

— Sors d'ici, toi !

Il devenait nerveux. Il marchait de long en large. Il se heurta au docteur.

— De quoi est-elle morte, Bouchardon ?

— Arrêt du cœur, monsieur Maurice... Mais le commissaire en sait peut-être plus que moi à ce sujet...

Le jeune homme se tourna vivement vers Maigret.

— Vous êtes de la police ?... Qu'est-ce que... ?

— Voulez-vous que nous ayons une conversation de quelques minutes ?... J'aimerais faire les cent pas sur la route... Vous restez ici, docteur ?...

— C'est que j'allais chasser et...

— Eh bien ! vous irez chasser un autre jour !

Maurice de Saint-Fiacre suivit Maigret en regardant le sol devant lui d'un air rêveur.

Quand ils atteignirent l'allée principale du château, la messe de sept heures finissait et les fidèles, plus nombreux qu'à la première messe, sortaient, formaient des groupes sur le parvis. Quelques personnes pénétraient déjà dans le cimetière et les têtes seules dépassaient du mur.

A mesure que le jour se levait, le froid devenait plus vif, sans doute à cause de la bise qui balayait les feuilles mortes d'un bout de la place à l'autre, les faisait tournoyer comme des oiseaux au-dessus de l'étang Notre-Dame.

Maigret bourrait sa pipe. N'était-ce pas la principale raison pour laquelle il avait entraîné son compagnon dehors ? Pourtant, dans la chambre même de la morte, le docteur fumait. Maigret avait l'habitude de fumer n'importe où.

Mais pas au château ! C'était un endroit à part qui, pendant toute sa jeunesse, avait représenté ce qu'il y a de plus inaccessible !

— Aujourd'hui, le comte m'a appelé dans sa bibliothèque pour travailler avec lui ! disait son père avec une pointe d'orgueil.

Et le gamin qu'était Maigret en ce temps-là regardait de loin, avec respect, la voiture d'enfant poussée par une nurse, dans le parc. Le bébé, c'était Maurice de Saint-Fiacre !

— Quelqu'un a-t-il intérêt à la mort de votre mère ?

— Je ne comprends pas... Le docteur vient de dire...

Il était anxieux. Il avait des gestes saccadés.

32

Il prit vivement le papier que Maigret lui tendait et qui annonçait le crime.

— Qu'est-ce que cela veut dire ?... Bouchardon parle d'un arrêt du cœur et...

— Un arrêt du cœur que quelqu'un a prévu quinze jours auparavant !

Des paysans les regardaient de loin. Les deux hommes approchaient de l'église, marchant lentement, suivant le cours de leurs pensées.

— Qu'est-ce que vous veniez faire au château ce matin ?

— C'est justement ce que je suis en train de me dire... articula le jeune homme. Vous me demandiez il y a un instant si... Eh bien ! oui... Il y a quelqu'un qui avait intérêt à la mort de ma mère... C'est moi !

Il ne raillait pas. Son front était soucieux. Il salua par son nom un homme qui passait en bicyclette.

— Puisque vous êtes de la police, vous avez déjà dû comprendre la situation... D'ailleurs, cet animal de Bouchardon n'a pas manqué de parler... Ma mère était une pauvre vieille... Mon père est mort... Je suis parti... Restée toute seule, je crois bien qu'elle a eu la cervelle un peu dérangée... Elle a d'abord passé son temps à l'église... Puis...

— Les jeunes secrétaires !

— Je ne pense pas que ce soit ce que vous croyez et ce que Bouchardon voudrait insinuer... Pas du vice !... Mais un besoin de tendresse... Le besoin de soigner quelqu'un... Que ces jeunes gens en aient profité pour aller plus loin... Tenez ! cela ne l'empêchait pas de rester dévote... Elle devait avoir des crises de conscience atroces, tiraillée qu'elle était entre sa foi et ce... cette...

— Vous disiez que votre intérêt... ?

— Vous savez qu'il ne reste pas grand-chose de notre fortune... Et des gens comme ce monsieur que vous avez vu ont les dents longues... Mettons que dans trois ou quatre ans il ne serait rien resté du tout...

Il était nu-tête. Il se passa les doigts dans les cheveux. Puis, regardant Maigret en face et marquant un temps d'arrêt, il ajouta :

— Il me reste à vous dire que je venais ici aujourd'hui pour demander quarante mille francs à ma mère... Et ces quarante mille francs, j'en ai besoin pour couvrir un chèque qui, sans cela, sera sans provision... Vous voyez comme tout s'enchaîne !...

Il arracha une branche à une haie que l'on côtoyait. Il semblait faire un violent effort pour ne pas se laisser déborder par les événements.

— Et dire que j'ai amené Marie Vassiliev avec moi !

— Marie Vassiliev ?

— Mon amie ! Je l'ai laissée dans son lit, à Moulins... Elle est capable, tout à l'heure, de louer une voiture et d'accourir... C'est complet, quoi !

On éteignait seulement la lampe, dans l'auberge de Marie Tatin où quelques hommes

34

buvaient du rhum. L'autocar faisant le service de Moulins allait partir, à moitié vide.

— Elle ne méritait pas ça ! fit la voix rêveuse de Maurice.

— Qui ?

— Maman !

Et à ce moment, il avait quelque chose d'enfantin, malgré sa taille, son commencement d'embonpoint. Peut-être même fut-il enfin sur le point de pleurer ?

Les deux hommes faisaient les cent pas à proximité de l'église, parcourant sans cesse le même chemin, tantôt face à l'étang, tantôt en lui tournant le dos.

— Dites, commissaire ! Il n'est pourtant pas possible qu'on l'ait tuée... ou alors je ne m'explique pas...

Maigret y pensait, et si intensément qu'il en oubliait son compagnon. Il se remémorait les moindres détails de la première messe.

La comtesse à son banc... Personne ne s'était approché d'elle... Elle avait communié... Elle s'était agenouillée ensuite, le visage dans les mains... Puis elle avait ouvert son missel... Un peu plus tard, elle avait à nouveau le visage entre les mains...

— Vous permettez un instant ?

Maigret gravit les marches du perron, pénétra dans l'église où le sacristain préparait déjà l'autel pour la grand-messe. Le sonneur, un paysan fruste chaussé de lourds souliers à clous, rectifiait l'alignement des chaises.

Le commissaire marcha droit vers les

stalles, se pencha, appela le bedeau qui se retournait.

— Qui a ramassé le missel ?

— Quel missel ?

— Celui de la comtesse... Il est resté ici...

— Vous croyez ?...

— Viens ici, toi ! dit Maigret au sonneur. Tu n'as pas vu le missel qui se trouvait à cette place ?

— Moi ?

Ou bien il était idiot, ou bien il le faisait. Maigret était nerveux. Il aperçut Maurice de Saint-Fiacre qui se tenait dans le fond de la nef.

— Qui s'est approché de ce banc ?

— La femme du docteur occupait cette place à la messe de sept heures...

— Je croyais que le docteur n'était pas croyant.

— Lui, peut-être ! Mais sa femme...

— Eh bien ! vous annoncerez à tout le village qu'il y a une grosse récompense pour celui qui me rapportera le missel.

— Au château ?

— Non ! Chez Marie Tatin.

Dehors, Maurice de Saint-Fiacre marchait à nouveau à côté de lui.

— Je ne comprends rien à cette histoire de missel.

— Arrêt du cœur, n'est-ce pas ?... Cela peut être provoqué par une forte émotion... Et cela a eu lieu un peu après la communion, c'est-à-dire après que la comtesse eut ouvert son missel... Supposez que, dans ce missel...

Mais le jeune homme secoua la tête d'un air découragé.

— Je ne vois aucune nouvelle capable d'émouvoir ma mère à ce point... D'ailleurs, ce serait tellement... tellement odieux...

Il en avait la respiration difficile. Il regardait le château d'un œil sombre.

— Allons boire quelque chose !

Ce n'était pas vers le château qu'il se dirigeait, mais vers l'auberge où son entrée créa une gêne. Les quatre paysans qui buvaient, du coup, n'étaient plus chez eux ! Ils saluaient avec un respect mêlé de crainte.

Marie Tatin accourait de la cuisine en s'essuyant les mains à son tablier. Elle balbutiait :

— Monsieur Maurice... Je suis encore toute bouleversée par ce qu'on raconte... Notre pauvre comtesse...

Elle pleurait, elle ! Elle devait pleurer éperdument chaque fois que quelqu'un mourait au village.

— Vous étiez à la messe aussi, n'est-ce pas ?... dit-elle, prenant Maigret à témoin. Quand je pense qu'on ne s'est aperçu de rien. C'est ici qu'on est venu m'annoncer...

C'est toujours gênant, en pareil cas, de manifester moins de chagrin que des gens qui devraient être indifférents. Maurice écoutait ces condoléances en essayant de cacher son impatience et, par contenance, il alla prendre sur l'étagère une bouteille de rhum, en emplit deux verres.

Ses épaules furent secouées d'un frisson tandis qu'il buvait d'un trait et il dit à Maigret :

— Je crois que j'ai pris froid en venant, ce matin...

— Tout le monde, dans le pays, est enrhumé, monsieur Maurice...

Et, à Maigret :

— Vous devriez faire attention aussi ! Cette nuit, je vous ai entendu tousser...

Les paysans s'en allaient. Le poêle était rouge.

— Un jour comme aujourd'hui ! disait Marie Tatin.

Et on ne pouvait savoir si elle regardait Maigret ou le comte, à cause de la dissymétrie de ses yeux.

— Vous ne voulez pas manger quelque chose ? Tenez ! J'ai été tellement bouleversée, quand on m'a dit... que je n'ai même pas pensé à changer de robe...

Elle s'était contentée de passer un tablier sur la robe noire qu'elle ne mettait que pour aller à la messe. Son chapeau était resté sur une table.

Maurice de Saint-Fiacre but un second verre de rhum, regarda Maigret comme pour lui demander ce qu'il devait faire.

— Allons ! dit le commissaire.

— Vous venez déjeuner ici ? J'ai tué un poulet et...

Mais les deux hommes étaient déjà dehors. Devant l'église, il y avait quatre ou cinq carrioles dont les chevaux étaient attachés aux arbres. On voyait des têtes aller et venir au-dessus du mur bas du cimetière. Et, dans la cour du château, l'auto jaune apportait la seule tache de couleur vive.

— Le chèque est barré ? questionna Maigret.

— Oui ! Mais il sera présenté demain.

— Vous travaillez beaucoup ?

Un silence. Le bruit de leurs pas sur la route durcie. Le frôlement des feuilles mortes emportées par le vent. Les chevaux qui s'ébrouaient.

— Je suis très exactement ce qu'on appelle un propre-à-rien ! J'ai fait un peu de tout... Tenez !... Les quarante mille... Je voulais monter une société de cinéma... Avant, je commanditais une affaire de T.S.F...

Une détonation sourde, à droite, au-delà de l'étang Notre-Dame. On aperçut un chasseur qui marchait à grands pas vers la bête qu'il avait tuée et sur laquelle son chien s'acharnait.

— C'est Gautier, le régisseur... dit Maurice. Il a dû partir à la chasse avant que...

Alors, brusquement, il eut une crise d'énervement, frappa le sol de son talon, grimaça, faillit laisser échapper un sanglot.

— Pauvre vieille !... grommela-t-il, les lèvres retroussées. C'est... c'est tellement ignoble !... Et ce petit saligaud de Jean qui...

39

Comme par enchantement, on découvrit celui-ci qui arpentait la cour du château, côte à côte avec le docteur, et qui devait lui tenir un discours passionné, car il gesticulait de ses bras maigres.

Dans le vent, on pouvait repérer, par instants, des odeurs de chrysanthèmes.

3

L'enfant de chœur

Il n'y avait pas de soleil pour déformer les images, pas de grisaille non plus pour estomper les contours. Chaque chose se découpait avec une netteté cruelle : le tronc des arbres, les branches mortes, les cailloux et surtout les vêtements noirs des gens venus au cimetière. Les blancs, par contre, pierres tombales ou plastrons empesés, bonnets des vieilles, prenaient une valeur irréelle, perfide : des blancs trop blancs, qui détonnaient.

Sans la bise sèche qui coupait les joues, on eût pu se croire sous une cloche de verre un peu poussiéreuse.

— Je vous reverrai tout à l'heure !

Maigret quittait le comte de Saint-Fiacre devant la grille du cimetière. Une vieille, assise sur un petit banc qu'elle avait apporté,

essayait de vendre des oranges et du chocolat.

Les oranges ! Grosses ! Pas mûres ! Et gla-
cées... Cela allongeait les dents, raclait la
gorge mais, quand il avait dix ans, Maigret les
dévorait quand même, parce que c'étaient des
oranges.

Il avait relevé le col de velours de son pardessus. Il ne regardait personne. Il savait qu'il
devait tourner à gauche et que la tombe qu'il
cherchait était la troisième après le cyprès.

Partout, alentour, le cimetière était fleuri.
La veille, des femmes avaient lavé certaines
pierres à la brosse et au savon. Les grillages
étaient repeints.

Ci-gît Evariste Maigret...

— Pardon ! On ne fume pas...
Le commissaire se rendit à peine compte
qu'on lui parlait. Il fixa enfin le sonneur, qui
était en même temps gardien du cimetière,
poussa sa pipe tout allumée dans sa poche.

Il ne parvenait pas à penser à une seule
chose à la fois. Des souvenirs affluaient, souvenirs de son père, d'un camarade qui s'était
noyé dans l'étang Notre-Dame, de l'enfant du
château dans sa voiture si bien carrossée...

Des gens le regardaient. Il les regardait. Il
avait déjà vu ces têtes-là. Mais alors, cet
homme qui avait un gosse sur les bras, par
exemple, et que suivait une femme enceinte,
était un bambin de quatre ou cinq ans...

42

Maigret n'avait pas de fleurs. La tombe était ternie. Il sortit, maussade, grommela à mi-voix, ce qui fit se retourner tout un groupe :

— Il faudrait avant tout retrouver le missel !

Il n'avait pas envie de rentrer au château. Là-bas, quelque chose l'écœurait, l'indignait même.

Certes, il n'avait aucune illusion sur les hommes. Mais il était furieux qu'on vînt salir ses souvenirs d'enfance ! La comtesse surtout, qu'il avait toujours vue noble et belle comme un personnage de livre d'images...

Et voilà que c'était une vieille toquée qui entretenait des gigolos !

Même pas ! Ce n'était pas franc, avoué ! Le fameux Jean jouait les secrétaires ! Il n'était pas beau, pas très jeune !

Et la pauvre vieille, comme disait son fils, était tiraillée entre le château et l'église !

Et le dernier comte de Saint-Fiacre allait être arrêté pour émission de chèque sans provision !

Quelqu'un marchait devant Maigret, le fusil à l'épaule, et le commissaire s'avisa soudain qu'il se dirigeait vers la maison du régisseur. Il crut reconnaître la silhouette qu'il avait vue de loin dans les champs.

Quelques mètres séparaient les deux hommes qui atteignaient la cour où quelques poules étaient blotties contre un mur, à l'abri du vent, plumes frémissantes.

— Hé !...

L'homme au fusil se retourna.

— Vous êtes le régisseur des Saint-Fiacre ?

— Et vous ?

— Commissaire Maigret, de la Police Judiciaire.

— Maigret ?

Le régisseur était frappé par ce nom, mais ne parvenait pas à préciser ses souvenirs.

— On vous a mis au courant ?

— On vient de m'avertir... J'étais à la chasse... Mais qu'est-ce que la police... ?

C'était un homme petit, râblé, gris de poil, avec une peau sillonnée de rides fines et profondes, des prunelles qui avaient l'air de s'embusquer derrière d'épais sourcils.

— On m'a dit que le cœur...

— Où allez-vous ?

— Je ne vais quand même pas entrer au château avec mes bottes gluantes de boue et mon fusil...

La tête d'un lapin pendait de la carnassière. Maigret regardait la maison vers laquelle on se dirigeait.

— Tiens ! On a changé la cuisine...

Un regard méfiant se fixa sur lui.

— Il y a bien quinze ans ! grommela le régisseur.

— Comment vous appelle-t-on ?

— Gautier... Est-ce vrai que monsieur le comte est arrivé sans que...

44

Tout cela était hésitant, réticent. Et Gautier n'offrait pas à Maigret d'entrer chez lui. Il poussait sa porte.

Le commissaire n'entra pas moins, tourna à droite, vers la salle à manger qui sentait le biscuit et le vieux marc.

— Venez un instant, monsieur Gautier... On n'a pas besoin de vous là-bas... Et moi, j'ai quelques questions à vous poser...

— Vite ! disait une voix de femme dans la cuisine. Il paraît que c'est affreux...

Et Maigret tâtait la table de chêne, aux angles ornés de lions sculptés. C'était la même que de son temps ! On l'avait revendue au nouveau régisseur à la mort du père.

— Vous prendrez bien quelque chose ?

Gautier choisissait une bouteille dans le buffet, peut-être pour gagner du temps.

— Que pensez-vous de ce monsieur Jean ?... Au fait, quel est son nom de famille ?...

— Métayer... Une assez bonne famille de Bourges...

— Il coûtait cher à la comtesse ?

Gautier remplissait les verres d'eau-de-vie, mais gardait un silence obstiné.

— Qu'est-ce qu'il avait à faire au château ? Comme régisseur, je suppose que vous vous occupez de tout...

— De tout !

— Alors ?

— Il ne faisait rien... Quelques lettres personnelles... Au début, il prétendait faire gagner de l'argent à madame la comtesse, grâce à ses connaissances financières... Il a acheté des valeurs qui ont dégringolé en quelques mois... Mais il affirmait qu'il regagnerait le tout et davantage grâce à un nouveau procédé de photographie qu'un de ses amis a inventé... Cela a coûté une centaine de mille francs à madame la comtesse et l'ami a disparu... Enfin, en dernier lieu, il y a eu une histoire de reproduction des clichés... Je n'y connais rien... Quelque chose comme de la photogravure ou de l'héliogravure, mais meilleur marché...

— Jean Métayer était très occupé !

— Il se remuait beaucoup pour rien... Il écrivait des articles au *Journal de Moulins* et on était obligé de les accepter à cause de madame la comtesse... C'est là qu'il faisait des essais de ses clichés et le directeur n'osait pas le mettre à la porte... A votre santé !...

Et, brusquement inquiet :

— Il ne s'est rien passé entre lui et monsieur le comte ?

— Rien du tout.

— Je suppose que c'est un hasard que vous soyez ici... Il n'y a pas de raison, puisqu'il s'agit d'une maladie de cœur...

L'ennui, c'est qu'il n'y avait pas moyen de rencontrer le regard du régisseur. Il essuyait ses moustaches, passait dans la chambre voisine.

— Vous permettez que je me change ?... Je devais aller à la grand-messe et maintenant...

46

— Je vous reverrai ! dit Maigret en s'en allant.

Et il n'avait pas refermé la porte qu'il entendait la femme, restée invisible, questionner :

— Qui est-ce ?

On avait mis des pavés de grès, dans la cour, à la place où autrefois il jouait aux billes sur la terre battue.

Des groupes endimanchés remplissaient entièrement la place et des chants d'orgues filtraient de l'église. Les enfants, dans leur costume neuf, n'osaient pas jouer. Et partout des mouchoirs sortaient des poches. Les nez étaient rouges. On se mouchait bruyamment.

Des bribes de phrases parvenaient à Maigret.

— C'est un agent de police de Paris...

— ... Paraît qu'il est venu rapport à la vache qui a crevé l'autre semaine chez Mathieu...

Un jeune homme tout faraud, une fleur rouge à la boutonnière de son veston de serge bleu marine, le visage bien lavé, les cheveux brillants de cosmétique, osa lancer au commissaire :

— On vous attend chez Tatin, rapport au gars qui a volé...

Et il poussait ses camarades du coude, contenait un rire qui fusait quand même tandis qu'il détournait la tête.

Il n'avait rien inventé. Chez Marie Tatin, maintenant, l'atmosphère était plus chaude, plus épaisse. On avait fumé des pipes et des pipes. Une famille de paysans, à une table, mangeait les victuailles apportées de la ferme et buvait de grands bols de café. Le père coupait avec son canif une saucisse séchée.

Les jeunes buvaient de la limonade, les vieux du marc. Et Marie Tatin trottinait sans arrêt.

Dans un coin, une femme se leva à l'arrivée du commissaire, fit un pas vers lui, troublée, hésitante, la lèvre humide. Elle avait la main sur l'épaule d'un gamin dont Maigret reconnut les cheveux roux.

— C'est monsieur le commissaire ?

Tout le monde regardait de son côté.

— Je veux d'abord vous dire, monsieur le commissaire, qu'on a toujours été honnête dans la famille ! Et pourtant on est pauvre... Vous comprenez ?... Quand j'ai vu que Ernest...

Le gosse, tout pâle, regardait fixement devant lui, sans manifester la moindre émotion.

— C'est toi qui as pris le missel ? questionna Maigret en se penchant.

Pas de réponse. Un regard aigu, farouche.

— Réponds donc à monsieur le commissaire...

Mais le gamin ne desserrait pas les dents. Ce fut vite fait ! La mère lui envoya une gifle qui se marqua en rouge sur la joue gauche. La tête du gosse oscilla un moment. Les yeux devinrent un peu plus humides, les lèvres frémirent, mais il ne bougea pas.

— Est-ce que tu vas répondre, malheur de ma vie ?

Et, à Maigret :

— Voilà les enfants d'aujourd'hui ! Il y a des mois qu'il pleure pour que je lui achète un missel ! Un gros comme celui de monsieur le curé ! Est-ce que vous imaginez ça ?... Alors, quand on m'a parlé du missel de madame la comtesse, j'ai tout de suite pensé... Et puis ! cela m'avait étonné de le voir revenir entre la deuxième messe et la troisième, parce que d'habitude il mange au presbytère... Je suis allée dans la chambre et j'ai trouvé ça sous le matelas...

Une seconde fois la main de la mère s'abattit sur la joue de l'enfant, qui ne fit pas un geste pour parer le coup.

— A son âge, je ne savais pas lire, moi ! N'empêche que je n'aurais jamais eu assez de vice pour voler un livre...

Il régnait dans l'auberge un silence respectueux. Maigret avait le missel dans les mains.

— Je vous remercie, madame...

Il avait hâte de l'examiner. Il fit mine de marcher vers le fond de la salle.

— Monsieur le commissaire...

La femme le rappelait. Elle était déroutée.

— On m'avait dit qu'il y avait une récompense... Ce n'est pas parce que Ernest...

Maigret lui tendit vingt francs, qu'elle rangea soigneusement dans son réticule. Après quoi elle entraîna son fils vers la porte en grondant :

— Et toi, gibier de bagne, tu vas voir ce que tu prendras...

Le regard de Maigret rencontra celui du gamin. Ce fut l'affaire de quelques secondes. N'empêche qu'ils comprirent l'un et l'autre qu'ils étaient amis.

Peut-être parce que Maigret, jadis, avait eu envie — sans jamais en posséder ! — d'un missel doré sur tranche, avec non seulement l'ordinaire de la messe, mais tous les textes liturgiques sur deux colonnes, en latin et en français.

— A quelle heure rentrerez-vous déjeuner ?

— Je ne sais pas.

Maigret faillit monter dans sa chambre pour examiner le missel mais le souvenir du toit qui laissait passer mille courants d'air lui fit choisir la grand-route.

C'est en marchant lentement vers le château qu'il ouvrit le livre relié aux armes des Saint-Fiacre. Ou plutôt il ne l'ouvrit pas. Le missel s'ouvrit de lui-même, à une page où un papier était intercalé entre deux feuillets.

Page 221. *Prière après la Communion.*

Ce qu'il y avait là, c'était un morceau de journal découpé à la diable et qui, dès le premier examen, avait drôle d'allure, comme s'il eût été mal imprimé.

Paris 1er novembre. Un dramatique suicide a eu lieu ce matin dans un appartement de la rue de Miromesnil occupé depuis plusieurs années par le comte de Saint-Fiacre et son amie, une Russe nommée Marie V...

Après avoir déclaré à son amie qu'il avait honte du scandale provoqué par certain membre de sa famille, le comte s'est tiré une balle de browning dans la tête et est mort quelques minutes plus tard sans avoir repris connaissance.

Nous croyons savoir qu'il s'agit d'un drame de famille particulièrement pénible et que la personne dont il est question ci-dessus n'est autre que la mère du désespéré.

Une oie qui divaguait sur le chemin tendait vers Maigret son bec large ouvert par la fureur. Les cloches sonnaient à toute volée et la foule sortait lentement, en piétinant, de la petite église d'où s'échappaient des odeurs d'encens et de cierges éteints.

Maigret avait poussé dans la poche de son pardessus le missel trop épais qui déformait le vêtement. Il s'était arrêté pour examiner ce terrible bout de papier.

L'arme du crime ! Un morceau de journal grand de sept centimètres sur cinq !

La comtesse de Saint-Fiacre se rendait à la première messe, s'agenouillait dans la stalle qui depuis deux siècles était réservée à ceux de sa famille.

Elle communiait. C'était prévu. Elle ouvrait son missel afin de lire la *Prière après la Communion*.

L'arme était là ! Et Maigret tournait le bout de papier en tous sens. Il lui trouvait quelque chose d'équivoque. Il observa entre autres l'alignement des caractères et fut persuadé que l'impression n'avait pas été faite sur rotative, comme c'est le cas pour un véritable journal.

Il s'agissait d'une simple épreuve, tirée à plat, à la main. La preuve, c'est que l'envers de la feuille portait exactement le même texte.

On ne s'était pas donné la peine de raffiner, ou bien on n'en avait pas eu le temps. La comtesse, d'ailleurs, aurait-elle l'idée de retourner le papier ? Ne serait-elle pas morte avant, d'émotion, d'indignation, de honte, d'angoisse ?

La physionomie de Maigret était effrayante, parce qu'il n'avait jamais vu un crime aussi lâche en même temps qu'aussi habile.

Et l'assassin avait eu l'idée d'avertir la police !

En supposant que le missel n'eût pas été retrouvé...

Oui ! C'était cela ! Le missel ne devait pas être retrouvé ! Et, dès lors, il était impossible de parler d'un crime, d'accuser qui que ce fût ! La comtesse était morte d'un arrêt brusque du cœur !

Il fit soudain demi-tour. Il arriva chez Marie Tatin alors que tout le monde parlait de lui et du missel.

— Vous savez où habite le petit Ernest ?

— Trois maisons après l'épicerie, dans la grand-rue...

Il s'y précipita. Une bicoque sans étage. Des agrandissements photographiques du père et de la mère au mur, des deux côtés du buffet. La femme, déjà déshabillée, était dans la cuisine qui sentait le rôti de bœuf.

— Votre fils n'est pas ici ?

— Il se déshabille. Ce n'est pas la peine qu'il salisse ses vêtements du dimanche... Vous avez vu comme je l'ai secoué !... Un enfant qui n'a que de bons exemples sous les yeux et qui...

Elle ouvrait une porte, criait :

— Viens ici, mauvais sujet !

Et on apercevait le gosse en caleçon, qui essayait de se cacher.

— Laissez-le s'habiller ! dit Maigret. Je lui parlerai après...

La femme continuait à préparer le déjeuner. Son mari devait être chez Marie Tatin à prendre l'apéritif.

Enfin la porte s'ouvrit et Ernest entra, sournois, vêtu de son costume de semaine dont les pantalons étaient trop longs.

— Viens te promener avec moi...

— Vous voulez... ? s'exclama la femme. Mais alors... Ernest... Va vite mettre ton beau costume...

— Ce n'est pas la peine, madame !... Viens, mon petit bonhomme...

La rue était déserte. Toute la vie du pays

était concentrée sur la place, au cimetière et chez Marie Tatin.

— Demain, je te ferai cadeau d'un missel encore plus gros, avec les premières lettres de chaque verset en rouge...

Le gosse en fut ahuri. Ainsi, le commissaire savait qu'il existait des missels avec des lettrines rouges, comme celui qui figurait sur l'autel ?

— Seulement, tu vas me dire franchement où tu as pris celui-là ! Je ne te gronderai pas...

C'était curieux de voir naître chez le gamin la vieille méfiance paysanne ! Il se taisait ! Il était déjà sur la défensive !

— Est-ce sur le prie-Dieu que tu l'as trouvé ?

Silence ! Il avait les joues et le dessus du nez piquetés de taches de rousseur. Ses lèvres charnues s'essayaient à l'impassibilité.

— Tu n'as pas compris que j'étais ton grand ami ?

— Oui... Vous avez donné vingt francs à maman...

— Et alors ?...

Le gosse tenait sa vengeance.

— En rentrant, maman m'a dit qu'elle ne m'avait giflé que pour la frime et elle m'a donné cinquante centimes...

Tac ! Il savait ce qu'il faisait, celui-là ! Quelles pensées roulait-il dans sa tête trop grosse pour son corps maigre ?

— Et le sacristain ?

— Il ne m'a rien dit...

— Qui a pris le missel sur le prie-Dieu ?

— Je ne sais pas...

— Et toi, où l'as-tu trouvé ?

— Sous mon surplis, dans la sacristie... Je devais aller manger au presbytère. J'avais oublié mon mouchoir... En bougeant le surplis, j'ai senti quelque chose de dur...

— Le sacristain était là ?

— Il était dans l'église, occupé à éteindre les cierges... Vous savez ! ceux avec les lettres rouges coûtent très cher...

Autrement dit, quelqu'un avait pris le missel sur le prie-Dieu, l'avait caché momentanément dans la sacristie, sous le surplis de l'enfant de chœur, avec l'idée, évidemment, de venir le reprendre !

— Tu l'as ouvert ?

— Je n'ai pas eu le temps... Je voulais avoir mon œuf à la coque... Parce que le dimanche...

— Je sais...

Et Ernest se demanda comment cet homme de la ville pouvait savoir que le dimanche il avait un œuf et des confitures au presbytère.

— Tu peux aller...

— C'est vrai que j'aurai... ?

— Un missel, oui... Demain... Au revoir, mon garçon...

Maigret lui tendit la main et le gamin fut un instant à hésiter avant de donner la sienne.

— Je sais bien que ce sont des blagues ! dit-il néanmoins en s'éloignant.

Un crime en trois temps : quelqu'un avait

composé ou fait composer l'article, à l'aide d'une linotype, qu'on ne trouve que dans un journal ou dans une imprimerie très importante.

Quelqu'un avait glissé le papier dans le missel en choisissant la page.

Et quelqu'un avait repris le missel, l'avait caché momentanément sous le surplis, dans la sacristie.

Peut-être le même homme avait-il tout fait ? Peut-être chaque geste avait-il un auteur différent ? Peut-être deux de ces gestes avaient-ils le même auteur ?

Comme il passait devant l'église, Maigret vit le curé qui en sortait et qui se dirigeait vers lui. Il l'attendit sous les peupliers, près de la marchande d'oranges et de chocolat.

— Je vais au château... dit-il en rejoignant le commissaire. C'est la première fois que je célèbre la messe sans même savoir ce que je fais... L'idée qu'un crime...

— C'est bien un crime ! laissa tomber Maigret.

Ils marchèrent en silence. Sans mot dire, le commissaire tendit le bout de papier à son compagnon qui le lut, le rendit.

Et ils parcoururent encore cent mètres sans prononcer une parole.

— Le désordre appelle le désordre... Mais c'était une pauvre créature...

Ils devaient l'un et l'autre tenir leur chapeau, à cause de la bise qui redoublait de violence.

— Je n'ai pas eu assez d'énergie... ajoutait le prêtre d'une voix sombre.

— Vous ?

— Tous les jours elle me revenait... Elle était prête à rentrer dans les voies du Seigneur... Mais tous les jours, là-bas...

Il y eut de l'âpreté dans son accent.

— Je ne voulais pas y aller ! Et pourtant c'était mon devoir...

Ils faillirent s'arrêter, parce que deux hommes marchaient le long de la grande allée du château et qu'ils allaient les rencontrer. On reconnaissait le docteur, avec sa barbiche brune, et, près de lui, le maigre et long Jean Métayer qui discourait toujours avec fièvre. L'auto jaune était dans la cour. On devinait que Métayer n'osait pas rentrer au château tant que le comte de Saint-Fiacre y était.

Une lumière équivoque sur le village. Une situation équivoque ! Des allées et venues imprécises !

— Venez ! dit Maigret.

Et le docteur dut dire la même chose au secrétaire qu'il entraîna jusqu'au moment où il put lancer :

— Bonjour, monsieur le curé ! Vous savez ! je suis en mesure de vous rassurer... Tout mécréant que je sois, je devine votre angoisse à l'idée qu'un crime a pu être commis dans votre église... Eh bien ! non... La science est formelle... *Notre* comtesse est morte d'un arrêt du cœur...

Maigret s'était approché de Jean Métayer.

— Une question...

Il sentait le jeune homme nerveux, haletant d'angoisse.

— Quand êtes-vous allé pour la dernière fois au *Journal de Moulins* ?

— Je... attendez...

Il allait parler. Mais sa méfiance fut mise en éveil. Il lança au commissaire un regard soupçonneux.

— Pourquoi me demandez-vous ça ?

— Peu importe !

— Je suis obligé de répondre ?

— Vous êtes libre de vous taire !

Peut-être pas tout à fait une tête de dégénéré, mais une tête inquiète, tourmentée. Une nervosité fort au-dessus de la moyenne, capable d'intéresser le Dr Bouchardon, qui parlait au curé.

— Je sais que c'est à moi qu'on fera des misères !... Mais je me défendrai...

— Entendu ! Vous vous défendrez !

— Je veux d'abord voir un avocat... C'est mon droit... D'ailleurs, à quel titre êtes-vous... ?

— Un instant ! Vous avez fait du droit ?

— Deux ans !

Il essayait de reprendre contenance, de sourire.

— Il n'y a ni plainte, ni flagrant délit... Donc, vous n'avez aucune qualité pour...

— Très bien ! Dix sur dix !

— Le docteur affirme...

— Et moi, je prétends que la comtesse a été

tuée par le plus répugnant des saligauds. Lisez ceci !

Et Maigret lui tendit le papier imprimé. Tout raide, soudain, Jean Métayer regarda son compagnon comme s'il allait lui cracher au visage.

— Un... vous avez dit un... ? Je ne vous permets...

Et le commissaire, lui posant doucement la main sur l'épaule :

— Mais, mon pauvre garçon, je ne vous ai encore rien dit, *à vous* ! Où est le comte ? Lisez toujours. Vous me rendrez ce papier tout à l'heure...

Une flamme de triomphe dans les yeux de Métayer.

— Le comte discute chèques avec le régisseur !... Vous les trouverez dans la bibliothèque !...

Le prêtre et le docteur marchaient devant et Maigret entendit la voix du médecin qui disait :

— Mais non, monsieur le curé ! C'est humain ! Archihumain ! Si seulement vous aviez fait un peu de physiologie au lieu d'éplucher les textes de saint Augustin...

Et le gravier crissait sous les pas des quatre hommes qui gravirent lentement les marches du perron rendues plus blanches et plus dures par le froid.

4

Marie Vassiliev

Maigret ne pouvait être partout. Le château était vaste. C'est pourquoi il n'eut qu'une idée approximative des événements de la matinée.

C'était l'heure où, le dimanche et les jours de fête, les paysans retardent le moment de rentrer chez eux, savourant le plaisir d'être en groupe, bien habillés, sur la place du village ou bien au café. Quelques-uns étaient déjà ivres. D'autres parlaient trop fort. Et les gosses aux habits roides regardaient leur papa avec admiration.

Au château de Saint-Fiacre, Jean Métayer, le teint jaunâtre, s'était dirigé, tout seul, vers le premier étage, où on l'entendait aller et venir dans une pièce.

— Si vous voulez venir avec moi... disait le docteur au prêtre.

Et il l'entraînait vers la chambre de la morte.

Au rez-de-chaussée, un large corridor courait tout le long du bâtiment, percé d'un rang de portes. Maigret percevait un bourdonnement de voix. On lui avait dit que le comte de Saint-Fiacre et le régisseur étaient dans la bibliothèque.

Il voulut y pénétrer, se trompa de porte, se trouva dans le salon. La porte de communication avec la bibliothèque était ouverte. Dans un miroir à cadre doré, il aperçut l'image du jeune homme, assis sur un coin de bureau, l'air accablé, et celle du régisseur, bien calé sur ses courtes pattes.

— Vous auriez dû comprendre que ce n'était pas la peine d'insister ! disait Gautier. Surtout quarante mille francs !

— Qui est-ce qui m'a répondu au téléphone ?

— Monsieur Jean, naturellement !

— Si bien qu'il n'a même pas fait la commission à ma mère !

Maigret toussa, pénétra dans la bibliothèque.

— De quelle communication téléphonique parlez-vous ?

Et Maurice de Saint-Fiacre répondit sans embarras :

— De celle que j'ai eue avant-hier avec le château. Comme je vous l'ai déjà dit, j'avais besoin d'argent. Je voulais demander à ma mère la somme nécessaire. Mais c'est ce... ce...

enfin ce monsieur Jean, comme on dit ici, que j'ai eu au bout du fil...

— Et il vous a répondu qu'il n'y avait rien à faire ? Vous êtes venu quand même...

Le régisseur observait les deux hommes. Maurice avait quitté le bureau sur lequel il était perché.

— Ce n'est d'ailleurs pas pour parler de cela que j'ai pris Gautier à part ! dit-il avec nervosité. Je ne vous ai pas caché la situation, commissaire. Demain, plainte sera déposée contre moi. Il est bien évident que, ma mère morte, je suis le seul héritier naturel. J'ai donc demandé à Gautier de trouver les quarante mille francs pour demain matin... Eh bien ! il paraît que c'est impossible...

— Tout à fait impossible ! répéta le régisseur.

— Soi-disant, on ne peut rien faire avant l'intervention du notaire, qui ne réunira les intéressés qu'après les obsèques. Et Gautier ajoute que, même sans cela, il serait difficile de trouver quarante mille francs à emprunter sur les biens qui restent...

Il s'était mis à marcher de long en large.

— C'est clair, n'est-ce pas ? C'est net ! Il y a des chances pour qu'on ne me laisse même pas conduire le deuil... Mais, au fait... Une question encore... Vous avez parlé de crime... Est-ce que... ?

— Il n'y a pas et il n'y aura probablement pas de plainte déposée, dit Maigret. Le Parquet ne sera donc pas saisi de l'affaire...

— Laissez-nous, Gautier !

Et, dès que le régisseur fut sorti, à regret :

— Un crime, vraiment ?

— Un crime qui ne regarde pas la police officielle !

— Expliquez-vous... Je commence à...

Mais on entendit une voix de femme dans le hall, accompagnée de la voix plus grave du régisseur. Maurice sourcilla, se dirigea vers la porte qu'il ouvrit d'un geste brusque.

— Marie ? Qu'est-ce que... ?

— Maurice ! Pourquoi ne me laisse-t-on pas entrer ?... C'est intolérable ! Il y a une heure que j'attends à l'hôtel...

Elle parlait avec un accent étranger très prononcé. C'était Marie Vassiliev, qui était arrivée de Moulins dans un vieux taxi qu'on voyait dans la cour.

Elle était grande, très belle, d'une blondeur peut-être artificielle. Voyant que Maigret la détaillait, elle se mit à parler anglais avec volubilité et Maurice lui répondit dans la même langue.

Elle lui demandait s'il avait de l'argent. Il répondait qu'il n'en était plus question, que sa mère était morte, qu'elle devait regagner Paris, où il la rejoindrait bientôt.

Alors elle ricanait :

— Avec quel argent ? Je n'ai même pas de quoi payer le taxi !

Et Maurice de Saint-Fiacre commençait à s'affoler. La voix aiguë de sa maîtresse résonnait dans le château et donnait à la scène un air de scandale.

Le régisseur était toujours dans le corridor.

— Si tu restes ici, je resterai avec toi ! déclarait Marie Vassiliev.

Et Maigret ordonnait à Gautier :

— Renvoyez la voiture et payez le chauffeur.

Le désordre croissait. Non pas un désordre matériel, réparable, mais un désordre moral qui semblait contagieux. Gautier lui-même perdait pied.

— Il faut pourtant que nous causions, commissaire... vint dire le jeune homme.

— Pas maintenant !

Et il lui montrait la femme d'une élégance agressive qui allait et venait dans la bibliothèque et dans le salon avec l'air d'en faire l'inventaire.

— De qui est ce stupide portrait, Maurice ? s'écriait-elle en riant.

Des pas dans l'escalier. Maigret vit passer Jean Métayer, qui avait revêtu un ample pardessus et qui tenait à la main un sac de voyage. Métayer devait se douter qu'on ne le laisserait pas partir, car il s'arrêta devant la porte de la bibliothèque, attendit.

— Où allez-vous ?

— A l'auberge ! Il est plus digne de ma part de...

Maurice de Saint-Fiacre, pour se débarrasser de sa maîtresse, la conduisait vers une chambre de l'aile droite du château. Tous deux continuaient à discuter en anglais.

— C'est vrai qu'on ne trouverait pas à emprunter quarante mille francs sur le château ? demanda Maigret au régisseur.

— Ce serait difficile.

— Eh bien ! faites quand même l'impossible, dès demain matin !

Le commissaire hésita à sortir. Au dernier moment il se décida à gagner le premier étage et là une surprise l'attendait. Tandis qu'en bas les gens s'agitaient comme sans but, on avait mis de l'ordre, là-haut, dans la chambre de la comtesse de Saint-Fiacre.

Le docteur, aidé de la femme de chambre, avait fait la toilette du cadavre.

Ce n'était plus l'atmosphère équivoque et sordide du matin ! Ce n'était plus le même corps.

La morte, vêtue d'une chemise de nuit blanche, était étendue sur son lit à baldaquin dans une attitude paisible et digne, les mains jointes sur un crucifix.

Déjà il y avait des cierges allumés, de l'eau bénite et un brin de buis dans une coupe.

Bouchardon regarda Maigret qui entrait et il eut l'air de dire : « Eh bien ! Qu'est-ce que vous en pensez ? Est-ce du beau travail ? »

Le prêtre priait en remuant les lèvres sans bruit. Il resta seul avec la morte tandis que les deux autres s'en allaient.

Les groupes s'étaient raréfiés, sur la place, devant l'église. A travers les rideaux des maisons, on voyait les familles attablées pour le déjeuner.

L'espace de quelques secondes, le soleil essaya de percer la couche de nuages mais l'instant d'après déjà le ciel redevenait glauque et les arbres frissonnaient de plus belle.

Jean Métayer était installé dans le coin proche de la fenêtre et il mangeait machinalement en regardant la route vide. Maigret avait pris place à l'autre bout de la salle de l'auberge. Entre eux deux, il y avait une famille d'un village voisin, arrivée dans une camionnette, qui avait apporté ses provisions et à qui Marie Tatin servait à boire.

La pauvre Tatin était affolée. Elle ne comprenait plus rien aux événements. D'habitude, elle ne louait que de temps en temps une chambre mansardée à un ouvrier qui venait faire des réparations au château ou dans une ferme.

Et voilà qu'outre Maigret elle avait un nouveau pensionnaire : le secrétaire de la comtesse.

Elle n'osait questionner personne. Toute la matinée elle avait entendu les choses effrayantes racontées par ses clients. Elle avait entendu entre autres parler de police !

— J'ai bien peur que le poulet soit trop cuit... dit-elle en servant Maigret.

Et le ton était le même que pour dire, par

exemple : « J'ai peur de tout ! Je ne sais pas ce qui se passe ! Sainte Vierge, protégez-moi ! »

Le commissaire la regardait avec attendrissement. Elle avait toujours eu ce même aspect craintif et souffreteux.

— Te souviens-tu, Marie, de...

Elle écarquillait les yeux. Elle esquissait déjà un mouvement de défense.

— ... de l'histoire des grenouilles !

— Mais... qui...

— Ta mère t'avait envoyée cueillir des champignons, dans le pré qui est derrière l'étang Notre-Dame... Trois gamins jouaient de ce côté... Ils ont profité d'un moment où tu pensais à autre chose pour remplacer les champignons par des grenouilles, dans le panier... Et tout le long du chemin tu avais peur parce que des choses grouillaient...

Depuis quelques instants elle le regardait avec attention et elle finit par balbutier :

— Maigret ?

— Attention ! Il y a monsieur Jean qui a fini son poulet et qui attend la suite.

Et voilà Marie Tatin qui n'était plus la même, qui était plus troublée encore, mais avec des bouffées de confiance.

Quelle drôle de vie ! Des années et des années sans un petit incident, sans rien qui vînt rompre la monotonie des jours. Et puis, tout d'un coup, des événements incompréhensibles, des drames, des choses qu'on ne lit même pas dans les journaux !

Tout en servant Jean Métayer et les paysans, elle lançait parfois à Maigret un regard complice. Quand il eut fini, elle proposa timidement :

— Vous prendrez bien un petit verre de marc ?

— Tu me tutoyais, jadis, Marie !

Elle rit. Non, elle n'osait plus !

— Mais tu n'as pas déjeuné, toi !

— Oh si ! Je mange toujours à la cuisine, sans m'arrêter... Une bouchée maintenant... Une bouchée plus tard...

Une moto passa sur la route. On distingua vaguement un jeune homme plus élégant que la plupart des habitants de Saint-Fiacre.

— Qui est-ce ?

— Vous ne l'avez pas vu ce matin ? Emile Gautier, le fils du régisseur.

— Où va-t-il ?

— Sans doute à Moulins ! C'est presque un jeune homme de la ville. Il travaille dans une banque...

On voyait des gens sortir de chez eux, se promener sur la route ou se diriger vers le cimetière.

Chose étrange, Maigret avait sommeil. Il se sentait harassé comme s'il eût fourni un effort exceptionnel. Et ce n'était pas parce qu'il s'était levé à cinq heures et demie du matin, ni parce qu'il avait pris froid.

C'était plutôt l'ambiance qui l'écrasait. Il se sentait atteint personnellement par le drame, écœuré.

Oui, écœuré ! C'était bien le mot ! Il n'avait jamais imaginé qu'il retrouverait son village dans ces conditions. Jusqu'à la tombe de son père, dont la pierre était devenue toute noire et où on était venu lui interdire de fumer !

En face de lui, Jean Métayer paradait. Il se savait observé. Il mangeait en s'efforçant d'être calme, voire d'esquisser un vague sourire méprisant.

— Un verre d'alcool ? lui proposa, à lui aussi, Marie Tatin.

— Merci ! je ne bois jamais d'alcool...

Il était bien élevé. Il tenait, en toutes circonstances, à faire montre de sa bonne éducation. A l'auberge, il mangeait avec les mêmes gestes précieux qu'au château.

Son repas fini, il demanda :

— Vous avez le téléphone ?

— Non, mais en face, à la cabine...

Il traversa la route, pénétra dans l'épicerie tenue par le sacristain, où était installée la cabine. Il dut demander une communication lointaine car on le vit attendre longtemps dans la boutique, fumant cigarette sur cigarette.

Quand il revint, les paysans avaient quitté l'auberge. Marie Tatin lavait les verres en prévision des vêpres qui amèneraient de nouveaux clients.

— A qui avez-vous téléphoné ? Remarquez que je puis le savoir en allant jusqu'à l'appareil...

— A mon père, à Bourges.

70

La voix était sèche, agressive.

— Je lui ai demandé de m'envoyer immédiatement un avocat.

Il faisait penser à un ridicule roquet qui montre les dents avant qu'on fasse mine de le toucher.

— Vous êtes si sûr que cela d'être inquiété ?

— Je vous prierai de ne plus m'adresser la parole avant l'arrivée de mon avocat. Croyez que je regrette qu'il n'existe qu'une seule auberge dans le pays.

Entendit-il le mot que grommela le commissaire en s'éloignant ?

— Crétin !... Sale petit crétin...

Et Marie Tatin, sans savoir pourquoi, avait peur de rester seule avec lui.

La journée devait être marquée jusqu'au bout par le signe du désordre, de l'indécision, sans doute parce que personne ne se sentait qualifié pour prendre la direction des événements.

Maigret, engoncé dans son lourd pardessus, errait dans le village. On le voyait tantôt sur la place de l'église, tantôt aux environs du château dont les fenêtres s'éclairaient les unes après les autres.

Car la nuit tombait vite. L'église était illuminée, toute vibrante de la voix des orgues. Le sonneur ferma la grille du cimetière.

Et des groupes à peine visibles dans la nuit s'interrogeaient. On ne savait pas s'il convenait de défiler au chevet de la morte. Deux hommes partirent les premiers, furent reçus par le maître d'hôtel qui ignorait lui aussi ce qu'il devait faire. Il n'y avait pas de plateau préparé pour les cartes de visite. On chercha Maurice de Saint-Fiacre pour lui demander son avis et la Russe répondit qu'il était allé prendre l'air.

Elle était couchée, elle, tout habillée, et elle fumait des cigarettes à bout de carton.

Alors le domestique laissa entrer les gens en esquissant un geste d'indifférence.

Ce fut le signal. Au sortir des vêpres, il y eut des conciliabules.

— Mais si ! Le père Martin et le jeune Bonnet y sont déjà allés !

Tout le monde y alla, en procession. Le château était mal éclairé. Les paysans longeaient le couloir et les silhouettes se découpaient tour à tour sur chaque fenêtre. On tirait les enfants par la main. On les secouait pour les empêcher de faire du bruit.

L'escalier ! Le corridor du premier étage ! Et enfin la chambre, où ces gens pénétraient pour la première fois.

Il n'y avait là que la domestique de la comtesse qui assistait avec effroi à l'invasion. Les gens faisaient le signe de croix avec un brin de buis trempé dans l'eau bénite. Les plus audacieux murmuraient à mi-voix :

— On dirait qu'elle dort !

Et d'autres, en écho :

— Elle n'a pas souffert...

Puis les pas résonnaient sur le parquet disjoint. Les marches de l'escalier craquaient. On entendait :

— Chut !... Tiens bien la rampe...

La cuisinière, dans sa cuisine en sous-sol, ne voyait que les jambes des gens qui passaient.

Maurice de Saint-Fiacre rentra au moment où la maison était ainsi envahie. Il regarda les paysans avec des yeux ronds. Les visiteurs se demandaient s'ils devaient lui parler. Mais il se contenta de les saluer de la tête et de pénétrer dans la chambre de Marie Vassiliev où on entendit parler anglais.

Maigret, lui, était dans l'église. Le bedeau, l'éteignoir à la main, allait de cierge en cierge. Le prêtre retirait ses vêtements sacerdotaux dans la sacristie.

A gauche et à droite, les confessionnaux avec leurs petits rideaux verts destinés à abriter les pénitents des regards. Maigret se souvenait du temps où son visage n'arrivait pas assez haut pour être caché par le rideau.

Derrière lui, le sonneur, qui ne l'avait pas vu, fermait la grande porte, tirait les verrous.

Alors soudain le commissaire traversa la nef, pénétra dans la sacristie où le prêtre s'étonna de le voir surgir.

— Excusez-moi, monsieur le curé ! Avant toutes choses, je voudrais vous poser une question...

Devant lui, le visage régulier du prêtre était

grave, mais il semblait à Maigret que les yeux étaient brillants de fièvre.

— Ce matin, il s'est passé un événement troublant. Le missel de la comtesse, qui se trouvait sur son prie-Dieu, a soudain disparu et a été retrouvé caché sous le surplis de l'enfant de chœur, dans cette pièce même...

Silence. Le bruit des pas du sacristain sur le tapis de l'église. Les pas plus lourds du sonneur qui s'en allait par une porte latérale.

— Quatre personnes seulement ont pu... Je vous demande de m'excuser... L'enfant de chœur, le sacristain, le sonneur et...

— Moi !

La voix était calme. Le visage du prêtre n'était éclairé que d'un côté par la flamme mobile d'une bougie. D'un encensoir, un mince filet de fumée bleue montait en spirales vers le plafond.

— C'est... ?

— C'est moi qui ai pris le missel et qui l'ai posé ici, en attendant...

La boîte à hosties, les burettes, la sonnette à deux sons étaient à leur place comme au temps où le petit Maigret était enfant de chœur.

— Vous saviez ce que contenait le missel ?

— Non.

— Dans ce cas...

— Je suis obligé de vous demander de ne plus me poser de questions, monsieur Maigret. C'est le secret de la confession...

Association involontaire d'idées. Le com-

74

missaire se souvint du catéchisme, dans la salle à manger du presbytère. Et de l'image d'Epinal qui s'était composée dans son esprit quand le vieux curé avait raconté l'histoire d'un prêtre du Moyen Age qui s'était laissé arracher la langue plutôt que de trahir le secret du confessionnal.

Il la retrouvait telle quelle sur sa rétine, après trente-cinq ans.

— Vous connaissez l'assassin... murmura-t-il cependant.

— Dieu le connaît... Excusez-moi... Je dois aller voir un malade...

On sortit par le jardin du presbytère. Une petite grille séparait celui-ci de la route. Des gens, là-bas, quittaient le château, restaient groupés à quelque distance pour discuter de l'événement.

— Vous croyez, monsieur le curé, que votre place n'est pas...

Mais on se heurtait au docteur qui grommelait dans sa barbiche :

— Dites donc, curé ! Vous ne trouvez pas que cela finira par ressembler à une foire ?... Il faut qu'on aille mettre de l'ordre, là-bas, ne fût-ce que pour sauvegarder le moral des paysans !... Ah ! vous êtes ici, commissaire !... Eh bien ! vous faites du joli... A cette heure, la moitié du village accuse le jeune comte de... Surtout depuis l'arrivée de cette femme !... Le régisseur va voir les fermiers pour réunir les quarante mille francs qui, paraît-il, sont nécessaires à...

— Zut !

Maigret s'éloignait. Il en avait trop gros sur le cœur. Et ne l'accusait-on pas d'être la cause de ce désordre ? Quelle maladresse avait-il commise ? Qu'est-ce qu'il avait fait, lui ? Il aurait tout donné pour voir les événements se dérouler dans une atmosphère de dignité !

Il marcha à grands pas vers l'auberge, qui était à moitié pleine. Il n'entendit qu'une bribe de phrase :

— Paraît que si on ne les trouve pas il ira en prison...

Marie Tatin était l'image de la désolation. Elle allait et venait, alerte, trottinant comme une vieille, bien qu'elle n'eût pas plus de quarante ans.

— C'est pour vous, la limonade ?... Qui a commandé deux bocks ?...

Dans son coin, Jean Métayer écrivait, en levant parfois la tête pour prêter l'oreille aux conversations.

Maigret s'approcha de lui, ne put lire les pattes de mouches mais vit que les alinéas étaient bien divisés, avec seulement quelques ratures, et précédés chacun d'un chiffre :

1°.....
2°.....
3°.....

Le secrétaire préparait sa défense, en attendant son avocat !

Une femme disait à deux mètres de là :

— Il n'y avait même pas de draps propres

et on a dû aller en demander à la femme du régisseur...

Pâle, les traits tirés, mais le regard volontaire, Jean Métayer écrivait :

4°.....

5

Le deuxième jour

Maigret eut ce sommeil agité et voluptueux tout ensemble qu'on n'a que dans une chambre froide de campagne qui sent l'étable, les pommes d'hiver et le foin. Partout autour de lui voletaient des courants d'air. Et les draps étaient glacés, sauf à l'endroit exact, au creux moelleux, intime, qu'il avait réchauffé de son corps. Si bien que, recroquevillé, il évitait de faire le moindre mouvement.

A plusieurs reprises, il avait entendu la toux sèche de Jean Métayer dans la mansarde voisine. Puis ce furent les pas furtifs de Marie Tatin qui se levait.

Il resta encore quelques minutes au lit. Quand il eut allumé la bougie, le courage lui manqua pour faire sa toilette avec l'eau glaciale du broc et il remit ce soin à plus tard, descendit en pantoufles, sans faux col.

En bas, Marie Tatin versait du pétrole sur le feu qui ne voulait pas prendre. Elle avait les cheveux roulés sur des épingles et elle rougit en voyant surgir le commissaire.

— Il n'est pas encore sept heures... Le café n'est pas prêt...

Maigret avait une petite inquiétude. Dans son demi-sommeil, une demi-heure auparavant, il croyait avoir entendu passer une auto. Or, Saint-Fiacre n'est pas sur la grand-route. Il n'y a guère que l'autobus à traverser le village, une fois par jour.

— L'autobus n'est pas parti, Marie ?

— Jamais avant huit heures et demie ! Et plus souvent neuf heures...

— C'est déjà la messe que l'on sonne ?

— Oui ! L'hiver, elle est à sept heures, l'été à six... Si vous voulez vous réchauffer.

Elle lui montrait le feu qui flambait enfin.

— Tu ne peux pas te décider à me tutoyer ?

Maigret s'en voulut en surprenant un sourire de coquetterie sur le visage de la pauvre fille.

— Le café sera fait dans cinq minutes...

Il ne ferait pas jour avant huit heures. Le froid était encore plus vif que la veille. Maigret, le col du pardessus relevé, le chapeau enfoncé jusqu'aux yeux, marcha lentement vers la tache lumineuse de l'église.

Ce n'était plus jour de fête. Il y avait en tout trois femmes dans la nef. Et la messe avait quelque chose de bâclé, de furtif. Le prêtre allait trop vite d'un coin de l'autel à l'autre.

Trop vite il se retournait, bras étendus, pour murmurer en dévorant des syllabes :

— *Dominus vobiscum !*

L'enfant de chœur, qui avait peine à le suivre, disait *Amen* à contretemps, se précipitait sur sa sonnette.

Est-ce que la panique allait recommencer ? On entendait le murmure des prières liturgiques et parfois une aspiration de l'officiant qui, entre deux mots, reprenait haleine.

— *Ite missa est...*

Est-ce que cette messe-là avait duré douze minutes ? Les trois femmes se levaient. Le curé récitait le dernier Evangile. Une auto s'arrêtait devant l'église et bientôt on entendait des pas hésitants sur le parvis.

Maigret était resté dans le fond de la nef, debout tout contre la porte. Aussi, quand celle-ci s'ouvrit, le nouveau venu se trouva-t-il littéralement nez à nez avec lui.

C'était Maurice de Saint-Fiacre. Il fut si surpris qu'il faillit battre en retraite en murmurant :

— Pardon... je...

Mais il fit un pas en avant, s'efforça de reprendre son aplomb.

— La messe est finie ?

Il était dans un état flagrant de nervosité. Ses yeux étaient cernés comme s'il n'eût pas dormi de la nuit. Et, en ouvrant la porte, il avait apporté du froid avec lui.

— Vous venez de Moulins ?

Les deux hommes parlaient du bout des

lèvres tandis que le prêtre récitait la prière après l'Evangile et que les femmes fermaient leur livre de messe, reprenaient parapluie et sac à main.

— Comment le savez-vous ?... Oui... je...

— Voulez-vous que nous sortions ?

Le prêtre et l'enfant de chœur étaient entrés dans la sacristie et le bedeau éteignait les deux cierges qui avaient suffi à la messe basse.

L'horizon, dehors, était un peu plus clair. Le blanc des maisons proches se détachait de la pénombre. L'auto jaune était là, entre les arbres de la place.

Le malaise de Saint-Fiacre était évident. Il regardait Maigret avec quelque surprise, étonné peut-être de le voir non rasé, sans faux col sous son manteau.

— Vous vous êtes levé bien tôt !... murmurait le commissaire.

— Le premier train, qui est un rapide, part de Moulins à sept heures trois...

— Je ne comprends pas ! Vous n'avez pas pris le train puisque...

— Vous oubliez Marie Vassiliev...

C'était tout simple ! Et naturel ! La présence de la maîtresse de Maurice ne pouvait qu'être gênante au château ! Il la conduisait donc à Moulins en auto, la mettait dans le train de Paris, revenait et, en passant, pénétrait dans l'église éclairée.

Et pourtant Maigret n'était pas satisfait. Il essayait de suivre les regards anxieux du comte qui semblait attendre ou craindre quelque chose.

— Elle n'a pas l'air commode ! insinua le commissaire.

— Elle a connu des jours meilleurs. Alors, elle est très susceptible... L'idée que je pourrais avoir envie de cacher notre liaison...

— Qui dure depuis longtemps ?

— Un peu moins d'un an... Marie n'est pas intéressée... Il y a eu des moments pénibles...

Son regard s'était enfin fixé sur un point. Maigret le suivit et aperçut, derrière lui, le curé qui venait de sortir de l'église. Il eut l'impression que les deux regards se croisaient, que le prêtre se montrait aussi embarrassé que le comte de Saint-Fiacre.

Le commissaire allait l'interpeller. Mais déjà, avec une hâte maladroite, le curé lançait vers les deux hommes un salut assez bref et pénétrait dans le presbytère, comme s'il fuyait.

— Il n'a pas l'aspect d'un curé de campagne...

Maurice ne répondit pas. Par la fenêtre éclairée on voyait le prêtre attablé devant son petit déjeuner, la servante qui lui apportait une cafetière fumante.

Des gamins, sac au dos, commençaient à se diriger vers l'école. La surface de l'étang Notre-Dame devenait couleur de miroir.

— Quelles dispositions avez-vous prises pour... commença Maigret.

Et son interlocuteur, beaucoup trop vivement :

— Pour quoi ?

— Pour les obsèques... Est-ce que, cette
nuit, quelqu'un a veillé dans la chambre mortuaire ?

— Non ! Il en a été question un moment...
Gautier a prétendu que cela ne se faisait
plus...

On entendit le roulement d'un moteur à
deux temps, dans la cour du château.
Quelques instants plus tard une moto passait
sur la route et se dirigeait vers Moulins. Maigret reconnut le fils Gautier, qu'il avait aperçu
la veille. Il était vêtu d'un imperméable beige,
coiffé d'une casquette à petits carreaux.

Maurice de Saint-Fiacre ne savait quelle
contenance prendre. Il n'osait pas remonter
dans sa voiture. Et il n'avait rien à dire au
commissaire.

— Gautier a trouvé les quarante mille
francs ?

— Non... Oui... c'est-à-dire...

Maigret le regarda curieusement, surpris de
le voir se troubler à tel point.

— Les a-t-il trouvés, oui ou non ? J'ai eu
l'impression, hier, qu'il y mettait de la mauvaise volonté. Car, malgré tout, malgré les
hypothèques et les dettes, on réalisera beaucoup plus que cette somme...

Eh bien, non ! Maurice ne répondait pas !
Il avait l'air affolé, sans raison apparente. Et

la phrase qu'il prononça n'avait aucun lien avec la conversation précédente.

— Dites-moi franchement, commissaire... Est-ce que vous me soupçonnez ?

— De quoi ?

— Vous le savez bien... J'ai besoin de savoir...

— Je n'ai pas plus de raisons de vous soupçonner qu'un autre... répondit évasivement Maigret.

Et son compagnon sauta sur cette affirmation.

— Merci !... Eh bien ! c'est ce qu'il faut dire aux gens... Vous comprenez ?... Sinon, ma position n'est pas tenable...

— A quelle banque votre chèque doit-il être présenté ?

— Au Comptoir d'Escompte...

Une femme se dirigeait vers le lavoir, poussant une brouette qui supportait deux paniers de linge. Le prêtre, chez lui, marchait de long en large en lisant son bréviaire mais le commissaire avait l'impression qu'il lançait des regards anxieux aux deux hommes.

— Je vais vous rejoindre au château.

— Maintenant ?

— Dans un instant, oui.

C'était net : Maurice de Saint-Fiacre n'y tenait pas du tout ! Il montait dans sa voiture comme un condamné ! Et, derrière les vitres du presbytère, on pouvait voir le prêtre qui le regardait partir.

Maigret voulait tout au moins aller mettre

un faux col. Au moment où il arrivait en face de l'auberge, Jean Métayer sortait de l'épicerie. Il s'était contenté de passer un manteau sur son pyjama. Il regarda le commissaire d'un air triomphant.

— Coup de téléphone ?

Et le jeune homme de répliquer avec aigreur :

— Mon avocat arrive à huit heures cinquante.

Il était sûr de lui. Il renvoya des œufs à la coque qui n'étaient pas assez cuits et tapota une marche sur la table, du bout des doigts.

De la lucarne de sa chambre, où il était allé s'habiller, Maigret voyait la cour du château, la voiture de course, Maurice de Saint-Fiacre qui semblait ne pas savoir que faire. Ne se disposait-il pas à revenir à pied vers le village ?

Le commissaire se hâta. Quelques instants plus tard, il marchait, lui, vers le château.

Et ils se rencontrèrent à moins de cent mètres de l'église.

— Où alliez-vous ? questionna Maigret.

— Nulle part ! Je ne sais pas...

— Peut-être prier à l'église ?

Et voilà que ces mots suffisaient à faire pâlir son compagnon, comme s'ils eussent eu un sens mystérieux et terrible.

Maurice de Saint-Fiacre n'était pas bâti pour le drame. En apparence, c'était un garçon grand et fort, un homme sportif, d'une santé magnifique.

Si on y regardait de plus près, on découvrait

sa mollesse. Sous les muscles un peu noyés de graisse, il n'y avait guère d'énergie. Il venait sans doute de passer une nuit sans sommeil et il en paraissait tout dégonflé.

— Vous avez fait imprimer des faire-part ?

— Non.

— Pourtant... la famille... les châtelains du pays...

Le jeune homme s'emporta.

— Ils ne viendraient pas ! Vous devez bien vous en douter ! Auparavant, oui ! Quand mon père vivait... A la saison de la chasse, il y avait jusqu'à trente invités à la fois au château, pendant des semaines...

Maigret le savait mieux que quiconque, lui qui, lors des battues, aimait, à l'insu de ses parents, à revêtir la blouse blanche d'un rabatteur !

— Depuis...

Et Maurice esquissa un geste qui signifiait : « Dégringolade... saloperie... »

On devait parler dans tout le Berry de la vieille folle qui gâchait la fin de sa vie avec ses soi-disant secrétaires ! Et des fermes qu'on vendait les unes après les autres ! Et du fils qui faisait l'imbécile à Paris !

— Est-ce que vous croyez que l'enterrement pourra avoir lieu demain ?... Vous comprenez ?... Il vaut mieux que cette situation dure aussi peu de temps que possible...

Une charrette de fumier passait lentement et ses larges roues semblaient moudre les cailloux de la route. Le jour était levé, un jour plus gris que la veille, mais avec moins de vent. Maigret aperçut de loin Gautier qui traversait la cour et qui voulut se diriger vers lui.

Et c'est alors que se passa une chose étrange.

— Vous permettez ?... dit le commissaire à son compagnon, en s'éloignant dans la direction du château.

Il avait à peine parcouru cent mètres qu'il se retournait. Maurice de Saint-Fiacre était sur le seuil du presbytère. Il devait avoir sonné à la porte. Or, quand il se vit surpris, il s'éloigna vivement sans attendre de réponse.

Il ne savait où aller. Tout son maintien prouvait qu'il était affreusement mal à l'aise. Le commissaire arrivait à la hauteur du régisseur qui l'avait vu venir vers lui et qui attendait, l'air rogue.

— Qu'est-ce que vous désirez ?

— Un simple renseignement. Vous avez trouvé les quarante mille francs dont le comte a besoin ?

— Non ! Et je défie n'importe qui de les trouver dans le pays ! Tout le monde sait ce que vaut sa signature.

— Si bien que ?...

— Il se débrouillera comme il pourra ! Cela ne me regarde pas !

Saint-Fiacre revenait sur ses pas. On devinait qu'il avait une envie folle de faire une démarche et que, pour une raison ou pour une autre, cela lui était impossible. Prenant une décision, il s'avança vers le château, s'arrêta près des deux hommes.

— Gautier ! Vous viendrez chercher mes ordres dans la bibliothèque.

Il allait partir.

— A tout à l'heure, commissaire ! ajouta-t-il avec effort.

Quand Maigret passa devant le presbytère, il eut la sensation très nette d'être observé à travers les rideaux. Mais il n'en eut pas la certitude car, avec le jour, on avait éteint la lumière à l'intérieur.

Un taxi stationnait devant l'auberge de Marie Tatin. Dans la salle, un homme d'une cinquantaine d'années, tiré à quatre épingles, pantalon rayé et veston noir bordé de soie, était attablé avec Jean Métayer.

A l'entrée du commissaire, il se leva avec empressement, se précipita, la main tendue.

— On me dit que vous êtes officier de Police Judiciaire... Permettez-moi de me présenter... Maître Tallier, du barreau de Bourges... Vous prendrez bien quelque chose avec nous ?...

Jean Métayer s'était levé, mais son attitude montrait qu'il n'approuvait pas la cordialité de son avocat.

— Aubergiste !... Servez-nous, je vous en prie...

Et, conciliant :

— Qu'est-ce que vous prenez ?... Avec ce

froid, que diriez-vous d'un grog général ?...
Trois grogs, mon enfant...

L'enfant, c'était la pauvre Marie Tatin qui
n'était pas habituée à ces façons.

— J'espère, commissaire, que vous excuserez mon client... Si je comprends bien, il s'est
montré quelque peu méfiant à votre égard...
Mais n'oubliez pas que c'est un garçon de
bonne famille, qui n'a rien à se reprocher et
que les soupçons qu'il a sentis autour de lui
ont indigné... Sa mauvaise humeur d'hier, si
je puis dire, est la meilleure preuve de son
absolue innocence...

Avec lui, il n'y avait pas besoin d'ouvrir la
bouche. Il se chargeait de tout, questions et
réponses, tout en esquissant des gestes
suaves.

— Bien entendu, je ne suis pas encore au
courant de tous les détails... Si je comprends
bien, la comtesse de Saint-Fiacre est morte
hier, pendant la première messe, d'un arrêt du
cœur... D'autre part, on a trouvé dans son missel un papier qui laisse supposer que cette
mort a été provoquée par une émotion violente... Est-ce que le fils de la victime — qui
était comme par hasard à proximité — a porté
plainte ?... Non !... Et, d'ailleurs, je pense que
la plainte serait irrecevable... Les manœuvres
criminelles — si manœuvres criminelles il y a
— ne sont pas assez caractérisées pour moti-
ver un arrêt de la Chambre des mises en accu-
sation...

» Nous sommes bien d'accord, n'est-ce

pas ?... Pas de plainte ! Donc pas d'action judiciaire...

» Ce qui n'empêche pas que je comprenne
l'enquête que vous poursuivez personnellement, à titre officieux...

» Mon client ne peut pas se contenter de
n'être pas poursuivi. Il faut qu'il soit lavé de
tout soupçon...

» Suivez-moi bien... Quelle était, en
somme, sa situation au château ?... Celle d'un
enfant adoptif... La comtesse, restée seule,
séparée d'un fils qui ne lui a donné que des
déboires, a été réconfortée par le dévouement
et la droiture de son secrétaire...

» Mon client n'est pas un désœuvré... Il ne
s'est pas contenté de vivre sans souci comme
il aurait pu le faire au château... Il a travaillé...
Il a cherché des placements... Il s'est même
penché sur des inventions récentes...

» Etait-ce bien lui qui avait intérêt à la mort
de sa bienfaitrice ?... Dois-je en dire davantage ?... Non ! n'est-il pas vrai ?...

» Et c'est ce que je veux, commissaire, vous
aider à établir...

» J'ajoute que j'aurai auparavant quelques
mesures indispensables à prendre, de concert
avec le notaire... Jean Métayer est un garçon
confiant... Jamais il n'a imaginé que de pareils
événements se produiraient...

» Ce qui lui appartient est au château, mêlé
à ce qui appartient à la défunte comtesse...

» Or, dès à présent, d'autres sont arrivés

là-bas, qui ont sans doute l'intention de mettre la main sur...

— Quelques pyjamas et de vieilles pantoufles ! grogna Maigret en se levant.

— Pardon ?

Pendant toute cette conversation, Jean Métayer avait pris des notes dans un petit carnet. Ce fut lui qui calma son avocat qui se levait à son tour.

— Laissez ! J'ai compris dès la première minute que j'avais un ennemi en la personne du commissaire ! Et j'ai appris depuis qu'il appartenait indirectement au château, où il est né à l'époque où son père était régisseur des Saint-Fiacre. Je vous ai mis en garde, maître... C'est vous qui avez voulu...

L'horloge marquait dix heures. Maigret calculait que le train de Marie Vassiliev devait être arrivé depuis une demi-heure à la Gare de Lyon.

— Vous m'excuserez ! dit-il. Je vous verrai en temps voulu.

— Mais...

Il pénétra à son tour dans l'épicerie d'en face dont la sonnette tinta. Il attendit un quart d'heure la communication avec Paris.

— C'est vrai que vous êtes le fils de l'ancien régisseur ?

Maigret était plus fatigué que par dix enquêtes normales. Il ressentait une véritable courbature, à la fois morale et physique.

— Voici Paris...

— Allô !... Le Comptoir d'Escompte ?... Ici,

la Police Judiciaire... Un renseignement, s'il vous plaît... Est-ce qu'un chèque signé Saint-Fiacre a été présenté ce matin ?... Vous dites qu'il a été présenté à neuf heures ?... Donc, pas de provision... Allô !... Ne coupez pas, mademoiselle... Vous avez prié le porteur de le présenter une seconde fois ?... Très bien !... Ah ! c'est ce que je voulais savoir... Une jeune femme, n'est-ce pas ?... Il y a un quart d'heure ?... Et elle a versé les quarante mille francs ?... Je vous remercie... Bien entendu ! Payez !... Non ! Non ! il n'y a rien de particulier... Du moment que le versement a été fait...

Et Maigret sortit de la cabine en poussant un grand soupir de lassitude.

Maurice de Saint-Fiacre, au cours de la nuit, avait trouvé les quarante mille francs et il avait envoyé sa maîtresse à Paris pour les verser à la banque !

Au moment où le commissaire quittait l'épicerie, il aperçut le curé qui sortait de chez lui, son bréviaire à la main, et qui se dirigeait vers le château.

Alors il accéléra le pas, courut presque pour arriver à la porte en même temps que le prêtre.

Il le rata de moins d'une minute. Quand il atteignit la cour d'honneur, la porte se refermait sur le curé. Et quand il sonna, il y avait des pas au fond du couloir, du côté de la bibliothèque.

6

Les deux camps

— Je vais voir si monsieur le comte peut...

Mais le commissaire ne laissa pas au maître d'hôtel le temps d'achever sa phrase. Il pénétra dans le couloir, se dirigea vers la bibliothèque, tandis que le domestique poussait un soupir de résignation. Il n'y avait même plus moyen de sauver les apparences ! Les gens entraient comme dans un moulin ! C'était la débâcle !

Avant d'ouvrir la porte de la bibliothèque, Maigret marqua un temps d'arrêt, mais ce fut en vain car il ne perçut aucun bruit. C'est même ce qui donna à son entrée quelque chose d'impressionnant.

Il frappa, pensant que le prêtre était peut-être ailleurs. Mais aussitôt une voix s'éleva, très nette, très ferme, dans le silence absolu de la pièce :

— Entrez !

Maigret poussait la porte, s'arrêtait par hasard sur une bouche de chaleur. Debout, légèrement appuyé à la table gothique, le comte de Saint-Fiacre le regardait.

A côté de lui, fixant le tapis, le prêtre gardait une immobilité rigoureuse, comme si un mouvement eût suffi à le trahir.

Qu'est-ce qu'ils faisaient là, l'un et l'autre, sans parler, sans bouger ? Il eût été moins gênant d'interrompre une scène pathétique que de tomber dans ce silence si profond que la voix semblait y tracer des cercles concentriques, comme un caillou dans l'eau.

Une fois de plus Maigret sentit la fatigue de Saint-Fiacre. Quant au prêtre, il était atterré et ses doigts s'agitaient sur son bréviaire.

— Excusez-moi de vous déranger...

Cela fit l'effet d'une ironie et pourtant ce n'était pas voulu. Mais dérange-t-on des gens aussi inertes que des objets ?

— J'ai des nouvelles de la banque...

Le regard du comte se posa sur le curé et ce regard était dur, presque rageur.

Toute la scène allait se poursuivre sur ce rythme. On eût dit des joueurs d'échecs réfléchissant, le front dans la main, restant silencieux plusieurs minutes avant de bouger un pion, retombant ensuite dans l'immobilité.

Mais ce n'était pas la réflexion qui les immobilisait ainsi. Maigret fut persuadé que c'était la peur d'un faux mouvement, d'une manœuvre maladroite. Entre eux trois, il y avait une équivoque. Et chacun n'avançait son pion qu'à regret, prêt à le reprendre.

— Je suis venu chercher des instructions pour les obsèques ! éprouva le besoin de dire le prêtre.

Ce n'était pas vrai ! Un pion mal placé ! Si mal placé que le comte de Saint-Fiacre sourit.

— Je prévoyais votre coup de téléphone à la banque ! dit-il. Et je vais vous avouer la raison pour laquelle je me suis décidé à cette démarche : c'était pour me débarrasser de Marie Vassiliev, qui ne voulait pas quitter le château... Je lui ai laissé croire que c'était de première importance...

Et dans les yeux du prêtre, maintenant, Maigret lisait l'angoisse, la réprobation.

« Le malheureux ! devait-il penser. Il s'enferre ! Il tombe dans le piège. Il est perdu... »

Le silence. Le craquement d'une allumette et les bouffées de tabac que le commissaire exhalait une à une en questionnant :

— Gautier a trouvé l'argent ?

Un temps d'hésitation, très court.

— Non, commissaire... Je vais vous dire...

Ce n'était pas sur le visage de Saint-Fiacre que le drame se jouait : c'était sur celui du curé ! Il était pâle. Ses lèvres avaient un pli amer. Il se contenait pour ne pas intervenir.

— Ecoutez-moi, monsieur...

Il n'en pouvait plus.

— Voulez-vous interrompre cette conversation jusqu'à ce que nous ayons eu ensemble un entretien...

Le même sourire que tout à l'heure sur les lèvres de Maurice. Il faisait froid dans la pièce trop vaste où les plus beaux livres de la bibliothèque manquaient. Du feu était préparé dans l'âtre. Il suffisait d'y jeter une allumette.

— Vous avez un briquet ou...

Et pendant qu'il se penchait sur la cheminée le prêtre lançait à Maigret un regard désolé, suppliant.

— Maintenant, dit le comte en revenant vers les deux hommes, je vais, en quelques mots, éclaircir la situation. Pour une raison que j'ignore, monsieur le curé, qui est plein de bonne volonté, est persuadé que c'est moi qui ai... pourquoi avoir peur des mots ?... qui ai tué ma mère !... Car c'est bien un crime, n'est-ce pas ? même s'il ne tombe pas tout à fait sous le coup de la loi...

Le prêtre ne bougeait plus, gardait cette immobilité tremblante de l'animal qui sent un danger fondre sur lui et qui ne peut y faire face.

— Monsieur le curé devait être très dévoué à ma mère... Il a sans doute voulu éviter qu'un scandale s'abattît sur le château... Hier au soir, il m'a envoyé par le sacristain quarante billets de mille francs ainsi qu'un petit mot...

Et le regard du prêtre disait, sans aucun doute possible : « Malheureux ! Vous vous perdez ! »

— Voici le billet ! poursuivait Saint-Fiacre.

Maigret lut à mi-voix :

— *Soyez prudent. Je prie pour vous.*

Ouf ! Cela faisait l'effet d'une bouffée d'air frais. Du coup, Maurice de Saint-Fiacre ne se sentait plus rivé au sol, condamné à l'immobilité. Du coup aussi il perdit cette gravité qui n'était pas dans son tempérament.

Il se mit à aller et venir, la voix plus légère.

— Voilà, commissaire, la raison pour laquelle vous m'avez vu ce matin rôder autour de l'église et du presbytère... Les quarante mille francs, qu'il faut évidemment considérer comme un prêt, je les ai acceptés, d'abord, comme je vous l'ai dit, pour éloigner ma maîtresse... — excusez-moi, monsieur le curé !... — ensuite parce qu'il aurait été particulièrement déplaisant de me voir arrêté en ce moment... Mais nous restons tous debout comme si... Asseyez-vous donc, je vous en prie...

Il alla ouvrir la porte, écouta un bruit à l'étage au-dessus.

— Le défilé recommence ! murmura-t-il. Je crois qu'il faudra téléphoner à Moulins pour qu'on installe une chapelle ardente...

Puis, sans transition :

— Je suppose que maintenant vous comprenez ! L'argent accepté, il me restait à jurer à monsieur le curé que je n'étais pas coupable. Il m'était difficile de le faire devant vous, commissaire, sans accroître encore vos soupçons... C'est tout !... Comme si vous deviniez ma pensée, vous ne m'avez pas laissé seul un instant, ce matin, aux alentours de l'église... Monsieur le curé est arrivé ici, je ne sais pas encore pourquoi, car, au moment où vous êtes entré, il hésitait à parler...

Son regard se voila. Pour dissiper la rancœur qui l'assaillait il rit, d'un rire pénible.

— C'est simple, n'est-ce pas ? Un homme qui a mené une vie de bâton de chaise et qui a signé des chèques sans provision... Le vieux Gautier m'évite !... Il doit être persuadé, lui aussi, que...

Il regarda soudain le prêtre avec étonnement.

— Eh bien ! monsieur le curé... Qu'est-ce que vous avez ?...

Le prêtre, en effet, était lugubre. Son regard évita le jeune homme, tenta d'éviter de même les yeux de Maigret.

Maurice de Saint-Fiacre comprit, s'écria avec plus d'amertume :

— Voilà ! On ne me croit pas encore... Et c'est justement celui qui veut m'aider à me sauver qui est persuadé de ma culpabilité...

Il alla ouvrir la porte une fois de plus, appela, oubliant la présence de la morte dans la maison :

— Albert !... Albert !... Plus vite que cela, sacrebleu !... Apportez-nous à boire...

Et le maître d'hôtel entra, se dirigea vers un placard où il prit du whisky et des verres. On se taisait. On le regardait faire. Maurice de

100

Saint-Fiacre remarqua avec un drôle de sourire :

— De mon temps, il n'y avait pas de whisky au château.

— C'est monsieur Jean...

— Ah !

Il en avala une large rasade, alla refermer la porte à clef derrière le domestique.

— Il y a comme ça des tas de choses qui ont changé... grommela-t-il pour lui-même.

Mais il ne perdait pas le prêtre de vue et celui-ci, de plus en plus mal à l'aise, balbutia :

— Vous m'excuserez... Il faut que j'aille faire le catéchisme...

— Un moment... Vous continuez à être sûr de ma culpabilité, monsieur le curé... Mais non ! Ne niez pas... Les curés, ça ne sait pas mentir... Seulement il y a certains points que je voudrais éclaircir... Car vous ne me connaissez pas... Vous n'étiez pas à Saint-Fiacre de mon temps... Vous avez seulement entendu parler de moi... Des indices matériels, il n'y en a pas... Le commissaire, qui a assisté au drame, en sait quelque chose...

— Je vous en prie... balbutia le prêtre.

— Non !... Vous ne buvez pas ?... A votre santé, commissaire...

Et son regard était sombre. Il suivait son idée, farouchement.

— Il y a des tas de gens qu'on pourrait soupçonner... Or, c'est moi que, vous, vous soupçonnez exclusivement... Et je suis en train de me demander pourquoi... Cela m'a empêché de dormir, cette nuit... J'ai pensé à toutes les raisons possibles et en fin de compte je crois avoir trouvé... Qu'est-ce que ma mère vous a dit ?

Cette fois, le prêtre devint exsangue.

— Je ne sais rien... balbutia-t-il.

— Je vous en prie, monsieur le curé... Vous m'avez aidé, soit !... Vous m'avez fait remettre ces quarante mille francs qui me donnent le temps de respirer et d'enterrer décemment ma mère... Je vous en remercie de tout cœur... Seulement, en même temps, vous faites peser sur moi vos soupçons... Vous priez pour moi... C'est trop, ou pas assez...

Et la voix commençait à se nuancer de colère, de menace.

— J'ai d'abord pensé avoir cette explication avec vous en dehors de la présence de M. Maigret... Eh bien ! à présent, je suis heureux qu'il soit ici... Plus j'y réfléchis, plus je pressens quelque chose de trouble...

— Monsieur le comte, je vous conjure de ne pas me torturer davantage...

— Et moi, monsieur le curé, je vous préviens que vous ne sortirez pas d'ici avant de m'avoir dit la vérité !

C'était un autre homme. Il était poussé à bout. Et, comme tous les faibles, comme tous les doux, il devenait d'une férocité exagérée.

On devait entendre ses éclats de voix dans la chambre mortuaire, située juste au-dessus de la bibliothèque.

— Vous étiez en relations suivies avec ma

mère... Je suppose que Jean Métayer était un fidèle de votre église, lui aussi... Lequel des deux a dit quelque chose ?... Ma mère, n'est-ce pas ?...

Maigret se souvint des mots entendus la veille :

— *Le secret de la confession...*

Il comprit la torture du prêtre, ses angoisses, son regard de martyr sous l'avalanche de phrases de Saint-Fiacre.

— Qu'est-ce qu'elle a pu vous dire ?... Je la connais, allez !... J'ai pour ainsi dire assisté au commencement de la glissade... Nous sommes entre gens qui n'ignorent rien de la vie...

Il regarda autour de lui avec une sourde colère.

— Il fut un temps où on n'entrait dans cette pièce qu'en retenant son souffle, parce que mon père, le *maître*, y travaillait... Il n'y avait pas de whisky dans les placards... Mais les rayons étaient chargés de livres comme les rayons d'une ruche sont saturés de miel...

Et Maigret s'en souvenait, lui aussi !

— *Le comte travaille...*

Et ces mots suffisaient à faire attendre les fermiers pendant deux heures dans l'antichambre !

— *Le comte m'a fait venir dans la bibliothèque...*

Et le père de Maigret en était troublé, parce que cela prenait figure d'événement important.

— Il ne gaspillait pas les bûches, mais se

contentait d'un réchaud à pétrole, qu'il plaçait tout près de lui, pour suppléer au calorifère... disait Maurice de Saint-Fiacre.

Et, au prêtre affolé :

— Vous n'avez pas connu ça... Vous avez connu le château en désordre... Ma mère qui avait perdu son mari... Ma mère dont le fils unique faisait des bêtises à Paris et ne venait ici que pour réclamer de l'argent... Alors, les secrétaires...

Ses prunelles étaient si brillantes que Maigret s'attendait à voir couler une larme.

— Qu'est-ce qu'elle vous a dit ?... Elle avait peur de me voir arriver, n'est-ce pas ?... Elle savait qu'il y aurait un nouveau trou à combler, quelque chose à vendre pour me sauver la mise une fois de plus...

— Vous devriez vous calmer ! dit le curé d'une voix mate.

— Pas avant de savoir... si vous m'avez soupçonné sans me connaître, dès les premiers instants...

Maigret intervint.

— Monsieur le curé avait fait disparaître le missel... dit-il lentement.

Il avait déjà compris, lui ! Il tendait la perche à Saint-Fiacre. Il imaginait la comtesse, tiraillée entre le péché et le remords... Ne craignait-elle pas le châtiment ?... N'avait-elle pas un peu honte devant son fils ?...

C'était une inquiète, une malade ! Et pourquoi, dans le secret du confessionnal, n'eût-elle pas dit un jour :

— *J'ai peur de mon fils...*

Car elle devait avoir peur. L'argent qui passait à des Jean Métayer était de l'argent des Saint-Fiacre qui revenait à Maurice. Est-ce qu'il ne viendrait pas demander des comptes ? Est-ce que...

Et Maigret sentait que ces idées naissaient dans le cerveau du jeune homme, encore confuses. Il aidait à les préciser.

— Monsieur le curé ne peut rien dire si la comtesse a parlé sous le secret de la confession...

Ce fut net. Maurice de Saint-Fiacre coupa court à la conversation.

— Vous m'excuserez, monsieur le curé... J'oubliais votre catéchisme... Ne m'en veuillez pas de...

Il tourna la clef dans la serrure, ouvrit la porte.

— Je vous remercie... Dès que... dès que ce sera possible, je vous remettrai les quarante mille francs... Car je suppose qu'ils ne vous appartiennent pas...

— Je les ai demandés à Mme Ruinard, la veuve de l'ancien notaire...

— Merci... Au revoir...

Il faillit refermer la porte d'une poussée brusque, mais il se contint, regarda Maigret dans les yeux en martelant :

— Saloperie !

— Il a voulu...

— Il a voulu me sauver, je sais !... Il a tenté d'éviter le scandale, de recoller tant bien que

105

mal les morceaux du château de Saint-Fiacre... Ce n'est pas cela !...

Et il se versa du whisky.

— C'est à cette pauvre femme que je pense !... Tenez ! vous avez vu Marie Vassiliev... Et toutes les autres, à Paris... Celles-là n'ont pas de crises de conscience... Mais elle !... Et remarquez que ce qu'elle cherchait avant tout, auprès de ce Métayer, c'était de l'affection à dépenser... Puis elle se précipitait vers le confessionnal... Elle devait se considérer comme un monstre... De là à craindre ma vengeance... Ha ! Ha !...

Ce rire-là était terrible !

— Vous me voyez, indigné, attaquant ma mère pour... Et ce curé qui n'a pas compris !... Il voit la vie selon des textes !... Du vivant de ma mère, il a dû essayer de la sauver d'elle-même... Ma mère morte, il a cru de son devoir de me sauver... Mais, à l'heure qu'il est, je parie qu'il reste persuadé que c'est moi qui...

Il regarda fixement le commissaire dans les yeux, articula :

— Et vous ?

Et, comme Maigret ne répondait pas :

— Car il y a un crime... Un crime que seule une crapule de la pire espèce a pu commettre... Un sale petit lâche !... C'est vrai que la Justice ne peut rien contre lui ?... J'ai entendu parler de cela ce matin... Mais je vais vous dire une chose, commissaire, et je vous permets de la retenir contre moi... Cette petite crapule, quand je la tiendrai, eh bien ! c'est à moi, à moi tout seul qu'elle aura affaire... Et je n'aurai pas besoin de revolver ! Non, pas d'arme... Rien que ces mains-là...

L'alcool devait exagérer son exaltation. Il s'en aperçut car il se passa la main sur le front, se regarda dans le miroir et s'adressa à lui-même une grimace moqueuse.

— N'empêche que, sans le curé, on me bouclait avant même les obsèques ! Je n'ai pas été très gentil avec lui... La femme de l'ancien notaire qui paie mes dettes... Qui est-ce ?... Je ne me souviens même pas d'elle...

— La dame qui s'habille toujours en blanc... La maison qui a une grille à flèches dorées, sur le chemin de Matignon...

Maurice de Saint-Fiacre se calmait. Sa fièvre n'avait été qu'un feu de paille. Il commença à se verser à boire, hésita, avala le contenu de son verre d'un trait, avec une moue de dégoût.

— Vous entendez ?

— Quoi ?

— Les gens du pays qui défilent, là-haut ! Je devrais être là, en grand deuil, les yeux rouges, à serrer les mains d'un air accablé ! Une fois dehors, ils se mettent à discuter...

Et, soupçonneux :

— Mais, au fait, pourquoi, si, comme vous dites, la Justice n'est pas saisie de l'affaire, restez-vous dans le pays ?

— Il pourrait y avoir du nouveau...

— Est-ce que, si je découvrais le coupable, vous m'empêcheriez de...

Les doigts crispés étaient plus éloquents qu'un discours.

— Je vous laisse, trancha Maigret. Il faut que j'aille surveiller le deuxième camp...

— Le deuxième camp ?

— Celui de l'auberge ! Jean Métayer et son avocat, qui est arrivé ce matin...

— Il a pris un avocat ?

— C'est un garçon prévoyant... Ce matin, les personnages se situaient ainsi : au château, vous et le curé ; à l'auberge, le jeune homme et son conseiller...

— Vous croyez qu'il a été capable... ?

— Vous m'excusez si je me sers ?

Et Maigret but un verre d'alcool, essuya ses lèvres, bourra une dernière pipe avant de partir.

— Bien entendu, vous ne savez pas vous servir d'une linotype ?

Un haussement d'épaules.

— Je ne sais me servir de rien... C'est bien le malheur !...

— Dans aucun cas vous ne quitterez le village sans me prévenir, n'est-ce pas ?

Un regard grave, profond. Et une voix grave et profonde :

— Je vous le promets !

Maigret sortait. Il allait descendre le perron quand un homme se trouva à côté de lui sans qu'il eût pu deviner d'où il venait.

— Excusez-moi, monsieur le commissaire... Je voudrais que vous m'accordiez quelques instants d'entretien... J'ai entendu dire...

— Quoi ?

— Que vous étiez presque de la maison... Votre père était du métier... Voulez-vous me faire l'honneur de prendre un verre chez moi...

Et le régisseur à barbiche grise entraînait son compagnon à travers les cours. Tout était préparé, chez lui. Une bouteille de marc dont l'étiquette annonçait l'âge vénérable. Des gâteaux secs. Une odeur de choux au lard venait de la cuisine.

— D'après ce que j'ai entendu dire, vous avez connu le château dans de tout autres conditions... Quand j'y suis arrivé, moi, le désordre commençait... Il y avait un jeune homme de Paris qui... C'est du marc qui date de l'ancien comte... Sans sucre, je suppose ?

Maigret fixait la table aux lions sculptés qui tenaient dans leur gueule des anneaux de cuivre. Et une fois encore il ressentit sa fatigue physique et morale. Jadis, il n'avait le droit d'entrer dans cette pièce qu'en pantoufles, à cause du parquet ciré.

— Je suis très embarrassé... Et c'est à vous que je veux demander conseil... Nous sommes de pauvres gens... Vous connaissez le métier de régisseur, qui n'enrichit pas son homme...

» Certains samedis qu'il n'y avait pas d'argent dans la caisse, j'ai payé moi-même les ouvriers agricoles...

» D'autres fois, j'ai avancé de l'argent pour des achats de bestiaux que les métayers réclamaient...

— Autrement dit, en deux mots, la comtesse vous devait de l'argent !

— Madame la comtesse n'entendait rien aux affaires... L'argent filait de tous les côtés... Il n'y a que pour les choses indispensables qu'on n'en trouvait pas...

— Et c'est vous qui...

— Votre père aurait fait comme moi, n'est-ce pas ? Il y a des moments où il ne faut pas laisser voir aux gens du pays que la caisse est vide... J'ai pris sur mes économies...

— Combien ?

— Encore un petit verre ?... Je n'ai pas fait le compte... Au moins soixante-dix mille... Et maintenant encore, pour l'enterrement, c'est moi qui...

Une image s'imposa à Maigret : le petit bureau de son père, près des écuries, le samedi à cinq heures. Toutes les personnes occupées au château, depuis les lingères jusqu'aux journaliers, attendaient dehors. Et le vieux Maigret, installé devant le bureau couvert de percale verte, faisait des petits tas avec des pièces d'argent. Chacun passait à son tour, traçait sa signature ou une croix sur le registre...

— Je me demande maintenant comment je vais récupérer... Pour des gens comme nous, c'est...

110

— Oui, je comprends ! Vous avez fait changer la cheminée !

— C'est-à-dire qu'elle était en bois... Le marbre fait mieux...

— Beaucoup mieux ! grogna Maigret.

— Vous comprenez ! Tous les créanciers vont s'abattre ! Il faudra vendre ! Et, avec les hypothèques...

Le fauteuil dans lequel Maigret était assis était neuf, comme la cheminée, et devait sortir d'un magasin du boulevard Barbès. Il y avait un phonographe sur le buffet.

— Si je n'avais pas de fils, cela me serait égal, mais Emile a sa carrière à faire... Je ne veux pas brusquer les choses...

Une gamine traversa le corridor.

— Vous avez une fille aussi ?

— Non ! C'est une enfant du pays, qui vient faire les gros travaux.

— Eh bien ! nous en reparlerons, monsieur Gautier. Excusez-moi, mais j'ai encore beaucoup de choses à faire...

— Un dernier petit verre ?

— Merci... Vous avez dit dans les soixante-quinze mille, n'est-il pas vrai ?

Et il s'en alla, les mains dans les poches, traversa le troupeau d'oies, longea l'étang Notre-Dame qui ne clapotait plus. L'horloge de l'église sonnait midi.

Chez Marie Tatin, Jean Métayer et l'avocat mangeaient. Sardines, filets de harengs et saucisson comme hors-d'œuvre. Sur la table voisine, les verres qui avaient contenu les apéritifs.

Les deux hommes étaient gais. Ils accueillirent Maigret par des regards ironiques. Ils se lançaient des clins d'œil. La serviette du maître du barreau était refermée.

— Vous avez trouvé des truffes pour le poulet, au moins ? demandait ce dernier.

Pauvre Marie Tatin ! Elle en avait trouvé une toute petite boîte, à l'épicerie, mais elle ne parvenait pas à l'ouvrir. Elle n'osait pas l'avouer.

— J'en ai trouvé, monsieur !

— Alors, en vitesse ! L'air du pays creuse terriblement !

Ce fut Maigret qui alla à la cuisine et qui, avec son couteau, tailla dans le fer-blanc de la boîte tandis que la femme qui louchait balbutiait à voix basse :

— Je suis confuse... je...

— Ta gueule, Marie ! grogna-t-il.

Un camp... Deux camps... Trois camps ?

Il éprouva le besoin de plaisanter pour échapper aux réalités.

— A propos ! le curé m'a prié de t'apporter trois cents jours d'indulgences ! Histoire de compenser tes péchés !

Et Marie Tatin, qui ne comprenait pas la plaisanterie, regardait son énorme compagnon avec, à la fois, de la crainte et une respectueuse affection.

7

Les rendez-vous de Moulins

Maigret avait téléphoné à Moulins pour commander un taxi. Il fut d'abord surpris d'en voir arriver un dix minutes à peine après son coup de téléphone mais, comme il se dirigeait vers la porte, l'avocat qui achevait son café intervint.

— Pardon ! C'est le nôtre... Cependant, si vous y voulez une place...

— Merci...

Jean Métayer et l'avocat partirent les premiers, dans une grande bagnole qui portait encore les armes de son ancien propriétaire. Un quart d'heure plus tard, Maigret s'en allait à son tour et, chemin faisant, tout en bavardant avec le chauffeur, il observait le pays.

Le décor était monotone : deux rangs de peupliers le long de la route ; des terres labourées à perte de vue, avec, parfois, un rectangle de taillis, l'œil glauque d'un étang.

Les maisons n'étaient pour la plupart que des bicoques. Et cela se concevait, puisqu'il n'existait pas de petits propriétaires.

Rien que de grands domaines, dont l'un, celui du duc de T..., englobait trois villages.

Celui des Saint-Fiacre avait comporté deux mille hectares, avant les ventes successives.

Comme moyen de transport, un vieil autobus parisien racheté par un paysan et qui faisait une fois par jour la route entre Moulins et Saint-Fiacre.

— Pour être la campagne, c'est la campagne ! disait le chauffeur du taxi. Maintenant, vous ne voyez encore rien. Mais en plein hiver...

On descendit la grand-rue de Moulins alors que l'horloge de Saint-Pierre marquait deux heures et demie. Maigret se fit arrêter en face du Comptoir d'Escompte, paya la course. Au moment où il se détournait du taxi pour se diriger vers la banque, une femme sortait de celle-ci, tenant un gamin par la main.

Et le commissaire, précipitamment, plongea vers une vitrine afin de n'être pas remarqué. La femme était une paysanne endimanchée, le chapeau en équilibre sur les cheveux, la taille raidie par un corset. Elle marchait à pas dignes, traînant le gosse derrière elle, sans s'inquiéter davantage de lui que d'un colis.

C'était la mère d'Ernest, le rouquin qui servait la messe à Saint-Fiacre.

La rue était animée. Ernest aurait bien voulu s'arrêter aux étalages mais il était amarré dans le sillage de la jupe noire. Pourtant sa mère se pencha pour lui dire quelque chose. Et, comme si c'eût été décidé d'avance, elle pénétra avec lui chez un marchand de jouets.

Maigret n'osait pas trop s'approcher. Il fut néanmoins renseigné par les coups de sifflet qui ne tardèrent pas à éclater dans la boutique. On essayait tous les sifflets imaginables et, en fin de compte, l'enfant de chœur dut se décider pour un sifflet de boy-scout, à deux sons.

Quand il sortit, il le portait en sautoir, mais sa mère l'entraînait toujours, l'empêchait de se servir de l'instrument dans la rue.

Une succursale de banque comme toutes celles de province. Un long comptoir de chêne. Cinq employés penchés sur des bureaux. Maigret se dirigea vers le guichet surmonté des mots *Comptes courants* et un employé se leva, attendit son bon plaisir.

Maigret voulait se renseigner sur l'état exact de la fortune des Saint-Fiacre et surtout sur les opérations des dernières semaines, voire des derniers jours, qui étaient susceptibles de fournir une indication.

Mais il fut un moment sans rien dire, à observer le jeune homme qui gardait une attitude correcte, sans impatience.

— Emile Gautier, je suppose ?

Il l'avait vu passer deux fois en moto, mais il n'avait pas distingué ses traits. Ce qui le renseignait, c'était une ressemblance frappante avec le régisseur du château.

Pas tant une ressemblance de détails qu'une ressemblance de race. Mêmes origines paysannes : traits dessinés et ossature épaisse.

Même degré d'évolution, ou presque, qui se traduisait par une peau un peu plus soignée que celle des cultivateurs, par un regard intelligent, par une assurance d'homme « instruit ».

Mais Emile n'était pas encore un garçon de la ville. Ses cheveux, bien que cosmétiqués, restaient rebelles, se dressaient en un épi au sommet du crâne. Ses joues étaient roses, avec cet aspect bien lavé des farauds de village, le dimanche matin.

— C'est moi.

Il n'était pas troublé. Maigret était sûr d'avance que c'était un employé modèle, en qui son directeur avait toute confiance, et qui aurait rapidement de l'avancement.

Un costume noir, fait sur mesure, mais par un tailleur du pays, dans une serge inusable. Son père portait des faux cols en celluloïd. Il portait, lui, des cols souples, mais la cravate était encore montée sur un appareil.

— Vous me reconnaissez ?

— Non ! Je suppose que vous êtes le policier...

— Et je désirerais quelques renseigne-

116

ments sur la situation du compte Saint-Fiacre.

— C'est facile ! Je suis chargé de ce compte comme des autres.

Il était poli, bien élevé. A l'école, il avait dû être le préféré des instituteurs.

— Passez-moi le compte Saint-Fiacre ! dit-il à une employée assise derrière lui.

Et il laissa errer le regard sur une grande feuille jaune.

— Est-ce une récapitulation que vous voulez, le montant du solde ou des renseignements généraux ?

Au moins, il était précis !

— Les renseignements généraux sont bons ?

— Venez par ici, voulez-vous ?... On pourrait nous entendre...

Et ils gagnèrent le fond de la pièce, en restant séparés par le comptoir de chêne.

— Mon père a dû vous dire que la comtesse était très désordonnée... A tous moments, j'ai dû arrêter au passage des chèques qui n'étaient pas provisionnés... Remarquez qu'elle l'ignorait... Elle tirait des chèques sans s'inquiéter de l'état de son compte... Alors, quand je lui téléphonais pour la mettre au courant, elle s'affolait... Ce matin encore, trois chèques barrés ont été présentés et j'ai été obligé de les retourner... J'ai ordre de ne rien payer avant que...

— La ruine est complète ?

— Pas à proprement parler... Trois métairies sur cinq sont vendues... Les deux autres hypothéquées, ainsi que le château... La comtesse possédait une maison de rapport à Paris, ce qui lui faisait quand même une petite rente... Mais quand, d'un seul coup, elle virait quarante ou cinquante mille francs au compte de son fils, cela déséquilibrait tout... J'ai toujours tenté ce que j'ai pu... Je faisais représenter les effets deux ou trois fois... Mon père...

— A avancé de l'argent, je sais.

— C'est tout ce que je puis vous dire... A l'heure qu'il est, le solde créditeur est exactement de sept cent soixante-quinze francs... Remarquez que les impôts fonciers de l'année dernière ne sont pas payés et que l'huissier a fait la semaine dernière une première sommation...

— Jean Métayer est au courant ?

— De tout ! Et même un peu plus qu'au courant.

— Que voulez-vous dire ?

— Rien !

— Vous ne pensez pas qu'il vit dans la lune ?

Mais Emile Gautier, discret, évita de répondre.

— C'est tout ce que vous voulez savoir ?

— Y a-t-il d'autres habitants de Saint-Fiacre qui ont leur compte à votre agence ?

— Non !

— Personne n'est venu aujourd'hui faire une opération ? Toucher un chèque, par exemple ?

— Personne.

— Et vous êtes resté sans cesse au guichet ?

— Je ne l'ai pas quitté !

Il n'était pas troublé. C'était toujours un bon employé répondant comme il se doit à un personnage officiel.

— Désirez-vous voir le directeur ? Bien qu'il ne puisse pas vous en dire plus que moi...

Les lampes s'allumaient. Le mouvement, dans la grand-rue, était presque celui d'une grande ville et, devant les cafés, il y avait de longues files de voitures.

Un cortège passait : deux chameaux et un jeune éléphant qui portaient des calicots-réclames pour un cirque installé sur la place de la Victoire.

Dans une épicerie, Maigret aperçut la mère du rouquin qui tenait toujours celui-ci par la main et qui achetait des conserves.

Un peu plus loin, il heurta presque Métayer et son avocat qui marchaient, l'air affairé, en discutant. L'avocat disait :

— ... ils sont obligés de le bloquer...

Ils ne virent pas le commissaire et ils continuèrent à se diriger vers le Comptoir d'Escompte.

On est forcé de se rencontrer dix fois par après-midi, dans une ville dont une rue de cinq cents mètres de long résume toute l'activité.

Maigret se rendait à l'imprimerie du *Journal de Moulins*. Les bureaux étaient en façade : des vitrines modernes, en béton, avec un étalage copieux de photographies de presse et les dernières nouvelles manuscrites, au crayon bleu, sur de longues bandes de papier.

Mandchourie. L'agence Havas communique que...

Mais, pour gagner l'imprimerie, il fallait s'engager dans une impasse obscure. On était guidé par le vacarme de la rotative. Dans un atelier désolé, des hommes en blouse travaillaient devant les hautes tables de marbre. Dans une cage vitrée, au fond, les deux linotypes et leur tac-tac de mitrailleuse.

— Le chef d'atelier, s'il vous plaît...

Il fallait hurler, littéralement, à cause du tonnerre des machines. L'odeur d'encre prenait à la gorge. Un petit homme en blouse bleue qui rangeait des lignes de composition dans une forme mit la main en cornet à son oreille.

— Vous êtes le chef d'atelier.

— Le metteur en page !

Maigret prit dans son portefeuille le texte qui avait tué la comtesse de Saint-Fiacre. L'homme, assurant des lunettes à cercle d'acier devant ses yeux, le regarda en se demandant ce que cela voulait dire.

— Cela sort de chez vous ?

— Comment ?...

Des gens passaient en courant avec des piles de journaux.

— Je vous demande si cela a été imprimé ici.

— Venez !

Dans la cour, cela allait mieux. Il y faisait froid, mais du moins pouvait-on parler à voix presque normale.

— Qu'est-ce que vous m'avez demandé ?

— Reconnaissez-vous les caractères ?

— C'est du Cheltenham corps 9...

— De chez vous ?

— Presque toutes les linotypes sont équipées en Cheltenham.

— Il y a d'autres linotypes à Moulins ?

— Pas à Moulins... Mais à Nevers, à Bourges, à Châteauroux, à Autun, à...

— Ce document n'a rien de spécial ?

— Il a été imprimé au taquoir... On a voulu faire croire que c'était découpé dans un journal, n'est-ce pas ?... On m'a demandé une fois de faire la même chose, pour une farce...

— Ah !

— Il y a quinze ans au moins... Au temps où nous composions encore le journal à la main...

— Et le papier ne vous donne pas d'indication ?

— Presque tous les journaux de province ont le même fournisseur. C'est du papier allemand... Vous m'excuserez... Il faut que je boucle la forme... C'est pour l'édition de la Nièvre...

— Vous connaissez Jean Métayer ?

L'homme haussa les épaules.

— Qu'est-ce que vous en pensez ?

— Si on l'écoutait, il connaîtrait le métier mieux que nous. Il est un peu tapé... On le laisse tripoter à l'atelier, à cause de la comtesse qui est une amie du patron...

— Il sait se servir d'une linotype ?

— Hum !... Qu'il dit !...

— Enfin, il serait capable de composer cet entrefilet ?

— Avec deux bonnes heures devant lui... Et en recommençant dix fois la même ligne...

— Lui est-il arrivé, ces derniers temps, de s'installer devant une linotype ?

— Est-ce que je sais, moi ? Il va ! Il vient ! Il nous embête tous avec ses procédés de clichage... Vous m'excuserez... Le train n'attend pas... Et ma forme n'est pas bouclée...

Ce n'était pas la peine d'insister. Maigret faillit s'introduire à nouveau dans l'atelier, mais l'agitation qui y régnait le découragea. Les minutes de ces gens étaient comptées. Tout le monde courait. Les porteurs le bousculaient en se précipitant vers la sortie.

Il parvint pourtant à prendre à part un apprenti qui roulait une cigarette.

— Qu'est-ce qu'on fait avec les lignes de plomb quand elles ont servi ?

— On les refond.

— Tous les combien de jours ?

— Tous les deux jours... Tenez ! la fondeuse est là-bas, dans le coin... Attention ! C'est chaud...

Maigret sortit, un peu las, peut-être un peu

découragé. La nuit était tout à fait tombée. Le pavé était clair, plus clair que d'habitude, à cause du froid. Devant un magasin de confection, un vendeur qui battait la semelle et qui avait un rhume de cerveau s'approchait des passants.

— Un pardessus d'hiver ?... Belle draperie anglaise à partir de deux cents francs... Entrez ! Cela n'engage à rien...

Un peu plus loin, devant le *Café de Paris*, où l'on entendait s'entrechoquer les billes de billard, Maigret aperçut la voiture jaune du comte de Saint-Fiacre.

Il entra, chercha l'homme des yeux et, ne le trouvant pas, s'assit sur une banquette. C'était le café élégant. Sur une estrade, trois musiciens accordaient les instruments, composaient le numéro d'ordre du morceau à l'aide de trois cartons portant chacun un chiffre.

Du bruit, dans la cabine téléphonique.

— Un demi ! commanda Maigret au garçon.

— Blonde ou brune ?

Mais le commissaire essayait d'entendre la voix dans la cabine. Il n'y parvint pas. Saint-Fiacre sortit et la caissière lui demanda :

— Combien de communications ?

— Trois.

— Avec Paris, n'est-ce pas ?... Trois fois huit vingt-quatre...

Le comte aperçut Maigret et se dirigea très naturellement vers lui, s'assit à son côté.

— Vous ne m'avez pas dit que vous veniez

à Moulins ! Je vous aurais amené avec ma voiture... Il est vrai qu'elle n'est pas fermée et que par le temps qu'il fait...

— Vous avez téléphoné à Marie Vassiliev ?

— Non ! Je ne vois pas pourquoi je vous cacherais la vérité... Un demi aussi, garçon... Ou plutôt non ! Quelque chose de chaud... un grog... J'ai téléphoné à un certain M. Wolf... Si vous ne le connaissez pas, d'autres doivent le connaître, Quai des Orfèvres... Un usurier, si vous voulez... J'ai eu quelquefois recours à lui... Je viens d'essayer de...

Maigret le regarda curieusement.

— Vous lui avez demandé de l'argent ?

— A n'importe quel taux ! Il a d'ailleurs refusé ! Ne me regardez pas ainsi ! Cet après-midi, je suis passé à la banque...

— A quelle heure ?

— Vers trois heures... Le jeune homme que vous savez et son avocat en sortaient...

— Vous tentiez de retirer de l'argent ?

— J'ai essayé ! Surtout ne croyez pas que je veuille vous inspirer de la pitié ! Il y a des gens qui, dès qu'il s'agit d'argent, ont des pudeurs. Moi pas... Eh bien ! les quarante mille francs envoyés à Paris et le train de Marie Vassiliev payé, il me reste à peu près trois cents francs en poche. Je suis arrivé ici sans rien prévoir... J'ai juste le complet que je porte... A Paris je dois quelques milliers de francs à la tenancière du meublé, qui ne laissera pas sortir mes effets...

Il parlait en regardant rouler les billes sur

le tapis vert du billard. Ceux qui jouaient étaient des petits jeunes gens de la ville qui avaient parfois des coups d'œil envieux à la tenue élégante du comte.

— C'est tout ! J'aurais voulu tout au moins être en deuil pour les obsèques. Il n'y a pas un tailleur du pays qui me fasse deux jours de crédit... A la banque, on m'a répondu que le compte de ma mère était bloqué et qu'au surplus le crédit s'élevait à sept cents et quelques francs... Et savez-vous qui m'a fait cette agréable commission ?

— Le fils de votre régisseur !

— Comme vous dites !

Il avala une gorgée de grog brûlant et se tut, regardant toujours le billard. L'orchestre commençait une valse viennoise que scandait curieusement le bruit des billes.

Il faisait chaud. L'atmosphère du café était grise, en dépit des lampes électriques. C'était l'ancien café de province, avec une seule concession au modernisme, un placard qui annonçait : *cocktails 6 francs*.

Maigret fumait lentement. Il fixait lui aussi le billard éclairé violemment par des abat-jour en carton vert. De temps en temps la porte s'ouvrait et après quelques secondes on était surpris par une bouffée d'air glacé.

— Mettons-nous dans le fond...

C'était la voix de l'avocat de Bourges. Il passa devant la table des deux hommes, suivi de Jean Métayer qui portait des gants de laine blanche.

Mais tous deux regardaient droit devant eux. Ils ne virent le premier groupe qu'une fois assis.

Les deux tables se faisaient presque face. Il y eut une légère rougeur sur les joues de Métayer, qui commanda d'une voix manquant de fermeté :

— Un chocolat !

Et Saint-Fiacre de plaisanter à mi-voix :

— Chérie, va !

Une femme prenait place à égale distance des deux tables, adressait au garçon un sourire de bonne camaraderie, murmurait :

— Comme toujours !

On lui apporta un cherry. Elle se poudra, remit du rouge sur ses lèvres. Et, entre ses cils qui battaient, elle hésitait à braquer son regard vers une table ou vers l'autre.

Etait-ce Maigret, large et confortable, qu'il fallait attaquer ? Etait-ce l'avocat, plus élégant, qui la détaillait déjà avec un petit sourire ?

— Et voilà ! Je conduirai le deuil en gris ! murmura le comte de Saint-Fiacre. Je ne peux pourtant pas emprunter un complet noir au maître d'hôtel ! Ni endosser une jaquette de mon défunt père !

A part l'avocat, intéressé par la femme, tout le monde regardait le billard le plus proche.

Il y en avait trois. Deux étaient occupés. Des bravos crépitaient au moment où les musiciens achevaient leur morceau. Et, du coup, on entendait à nouveau des bruits de verres et de soucoupes.

— Trois portos, trois !

La porte s'ouvrait, se refermait. Le froid entrait, était digéré peu à peu par la chaleur ambiante.

Les lampes du troisième billard s'allumèrent sur un geste de la caissière, qui avait les commutateurs électriques derrière le dos.

— Trente points ! dit une voix.

Et, à l'adresse du garçon :

— Un quart Vichy... Non ! Un Vittel-fraise...

C'était Emile Gautier, qui enduisait soigneusement de craie bleue le bout de sa canne. Puis il mettait le marqueur à zéro. Son compagnon était le sous-directeur de la banque, plus âgé de dix ans, avec des moustaches brunes en pointe.

Ce n'est qu'au troisième coup — qu'il rata — que le jeune homme aperçut Maigret. Il salua, un peu gêné. Dès lors, il fut tellement absorbé par le jeu qu'il n'eut plus le temps de voir qui que ce fût.

— Bien entendu, si vous n'avez pas peur du froid, il y a une place dans ma voiture... dit Maurice de Saint-Fiacre. Vous me permettez de vous offrir quelque chose ? Vous savez ! je n'en suis tout de même pas encore à un apéritif près...

— Garçon ! disait Jean Métayer à voix haute. Vous me demanderez le 17 à Bourges !

Le numéro de son père ! Un peu plus tard, il s'enfermait dans la cabine.

127

Maigret fumait toujours. Il avait commandé un second demi. Et la femme, peut-être parce qu'il était le plus gros, avait enfin jeté son dévolu sur lui. Chaque fois qu'il se tournait de son côté, elle lui souriait comme s'ils eussent été de vieilles connaissances.

Elle se doutait bien peu qu'il était en train de penser à *la vieille*, comme disait le fils lui-même, qui était couchée au premier étage, là-bas, au château, et devant qui les paysans défilaient en se poussant du coude.

Mais ce n'était pas dans cet état qu'il la voyait. Il l'imaginait à une époque où il n'y avait pas encore d'autos devant le *Café de Paris* et où on n'y buvait pas de cocktails.

Dans le parc du château, grande et souple, racée comme une héroïne de roman populaire, près de la voiture d'enfant poussée par la nurse...

Maigret n'était qu'un gamin dont les cheveux, comme ceux d'Emile Gautier et comme ceux du rouquin, s'obstinaient à se dresser en épi au milieu du crâne.

Est-ce qu'il n'était pas jaloux du comte, le matin où le couple était parti vers Aix-les-Bains, dans une auto (une des premières du pays) toute pleine de fourrures et de parfum ? On ne voyait pas le visage sous la voilette. Le comte avait de grosses lunettes. Cela ressemblait à un enlèvement héroïque. Et la nounou tenait la main du bébé, l'agitait pour un adieu...

Maintenant, on aspergeait la vieille d'eau bénite et la chambre sentait la bougie.

Affairé, Emile Gautier tournait autour du billard, jouait en fantaisie, comptait à mi-voix, important :

— Sept...

Il visait à nouveau. Il gagnait. Son chef à moustaches pointues disait d'une voix aigre :

— Formidable !

Deux hommes s'observaient, par-dessus le tapis vert : Jean Métayer, à qui parlait sans cesse le souriant avocat, et le comte de Saint-Fiacre, qui arrêta le garçon d'un geste mou.

— La même chose !

Maigret, lui, pensait maintenant à un sifflet de boy-scout. Un beau sifflet à deux sons, en bronze, comme il n'en avait jamais eu.

8

L'invitation à dîner

— Encore un coup de téléphone ! soupira Maigret en voyant Métayer se lever une fois de plus.

Il le suivit des yeux, constata qu'il ne pénétrait ni dans la cabine, ni dans les lavabos. D'autre part, l'avocat grassouillet n'était plus assis que sur la pointe des fesses, comme quelqu'un qui hésite à se lever. Il regardait le comte de Saint-Fiacre. On eût même dit qu'il hésitait à esquisser un sourire.

Etait-ce Maigret qui était de trop ? Cette scène, en tout cas, rappelait au commissaire certaines histoires de jeunesse : trois ou quatre copains, dans une brasserie semblable ; deux femmes à l'autre bout de la salle. Les discussions, les hésitations, le garçon qu'on appelle pour le charger d'un billet...

L'avocat était dans le même état d'énervement. Et la femme installée à deux tables de Maigret s'y méprit, crut que c'était elle qui était visée. Elle sourit, ouvrit son sac et se mit un peu de poudre.

— Je reviens à l'instant ! dit le commissaire à son compagnon.

Il traversa la salle dans la direction suivie par Métayer, vit une porte qu'il n'avait pas remarquée et qui ouvrait sur un large couloir orné d'un tapis rouge. Au fond, un comptoir avec un grand livre, un standard téléphonique, une employée. Métayer était là, achevant une conversation avec cette dernière. Il la quitta au moment précis où Maigret s'avançait.

— Merci, mademoiselle... Vous dites dans la première rue à gauche ?

Il ne se cachait pas du commissaire. Il ne paraissait pas être ennuyé de sa présence. Au contraire ! Et dans son regard il y avait une petite flamme joyeuse.

— J'ignorais que ce fût un hôtel... dit Maigret à la jeune fille.

— Vous êtes descendu ailleurs ?... Vous avez eu tort... C'est même le premier hôtel de Moulins...

— N'avez-vous pas eu comme voyageur le comte de Saint-Fiacre ?

Elle faillit rire. Puis soudain elle devint grave.

— Qu'est-ce qu'il a fait ? questionna-t-elle avec quelque inquiétude. Voilà la seconde fois en cinq minutes que...

— Où avez-vous envoyé mon prédécesseur ?

— Il veut savoir si le comte de Saint-Fiacre est sorti pendant la nuit de samedi à dimanche... Je ne peux pas répondre maintenant, car le veilleur de nuit n'est pas arrivé... Alors ce monsieur m'a demandé si nous avons un garage et il y est allé...

Parbleu ! Maigret n'avait qu'à suivre Métayer !

— Et le garage est dans la première rue à gauche ! dit-il, un peu vexé quand même.

— C'est cela ! il reste ouvert toute la nuit.

Jean Métayer avait décidément fait vite car, quand Maigret entra dans la rue en question, il en sortait en sifflotant. Le gardien cassait la croûte dans un coin.

— C'est pour la même chose que ce monsieur qui sort... L'auto jaune... Est-on venu la prendre pendant la nuit de samedi à dimanche ?...

Il y avait déjà une coupure de dix francs sur la table. Maigret y déposa une seconde.

— Vers minuit, oui !

— Et on l'a ramenée ?

— Peut-être à trois heures du matin...

— Elle était sale ?

— Comme ci, comme ça... Vous savez, le temps est au sec...

— Ils étaient deux, n'est-ce pas ? Un homme et une femme...

— Non ! Un homme tout seul.

— Petit et maigre ?

— Mais non ! Très grand, au contraire, et bien portant.

Le comte de Saint-Fiacre, évidemment !

Quand Maigret rentra dans le café, l'orchestre sévissait à nouveau et la première chose qu'il remarqua fut qu'il n'y avait plus personne dans le coin de Métayer et de son compagnon.

Il est vrai que quelques secondes plus tard il retrouvait l'avocat assis à sa propre place, à côté du comte de Saint-Fiacre.

A la vue du commissaire, il se leva de la banquette.

— Veuillez m'excuser... Mais non ! Reprenez votre place, je vous en prie...

Ce n'était pas pour s'en aller. Il s'assit sur la chaise, en face. Il était très animé, avec des roseurs aux pommettes, comme quand on s'empresse d'en finir avec une démarche délicate. Son regard semblait chercher Jean Métayer qu'on ne voyait pas.

— Vous allez comprendre, monsieur le commissaire... Je ne me serais pas permis de me rendre au château... C'est normal... Mais puisque le hasard veut que nous nous rencontrions en terrain neutre, si je puis dire...

Et il s'efforçait de sourire. Après chaque phrase, il avait l'air de saluer ses deux interlocuteurs, de les remercier de leur approbation.

— Dans une situation aussi pénible que celle-ci, il est inutile, ainsi que je l'ai dit à mon client, de compliquer encore les choses par

134

une susceptibilité exagérée... M. Jean Métayer l'a très bien compris... Et, quand vous êtes arrivé, monsieur le commissaire, je disais au comte de Saint-Fiacre que nous ne demandions qu'à nous entendre...

Maigret grommela :

— Parbleu !

Et il pensait très exactement :

« Toi, mon bonhomme, tu as de la chance si avant cinq minutes tu ne reçois pas sur la figure la main du monsieur à qui tu parles d'une voix si suave... »

Les joueurs de billard continuaient à tourner autour du tapis vert. Quant à la femme, elle se levait, laissait son sac à main sur la table et s'en allait vers le fond de la salle.

« Encore une qui se met le doigt dans l'œil. Une idée lumineuse vient de la frapper. Est-ce que Métayer n'est pas sorti pour lui parler dehors sans témoin ?... Alors, elle part à sa recherche... »

Et Maigret ne se trompait pas. La main sur la hanche, la femme allait et venait, en quête du jeune homme !

L'avocat parlait toujours.

— Il y a des intérêts très complexes en présence et nous sommes disposés pour notre part...

— A quoi ? trancha Saint-Fiacre.

— Mais... à...

Il oublia que ce n'était pas son verre qu'il avait à portée de la main et il but dans celui de Maigret, par contenance.

— Je sais que l'endroit est peut-être mal choisi... Le moment aussi... Mais pensez que nous connaissons mieux que quiconque la situation financière de...

— De ma mère ! Ensuite ?

— Mon client, par une délicatesse qui l'honore, a préféré s'installer à l'auberge...

Pauvre diable d'avocat ! Les mots, maintenant que Maurice de Saint-Fiacre le regardait fixement, lui sortaient un à un de la gorge comme s'il eût fallu les en arracher.

— Vous me comprenez, n'est-ce pas, monsieur le commissaire ?... Nous savons qu'il y a un testament déposé chez le notaire... Rassurez-vous ! Les droits de monsieur le comte sont respectés... Mais Jean Métayer y figure néanmoins... Les affaires financières sont embrouillées... Mon client est seul à les connaître...

Maigret admirait Saint-Fiacre qui parvenait à rester d'un calme presque angélique. Il y avait même sur ses lèvres un léger sourire !

— Oui ! C'était un secrétaire modèle ! dit-il sans ironie.

— Remarquez que c'est un garçon d'excellente famille, qui a reçu une solide instruction. Je connais ses parents... Son père...

— Revenons à la fortune, voulez-vous ?

C'était trop beau. L'avocat pouvait à peine en croire ses oreilles.

— Vous permettez que j'offre une tournée ?... Garçon !... La même chose, messieurs ?... Moi, ce sera un Raphaël-citron...

Deux tables plus loin, la femme revenait d'un air morne, car elle n'avait rien trouvé et elle se résignait à attaquer les joueurs de billard.

— Je disais que mon client est prêt à vous aider... Il y a certaines personnes dont il se méfie... Il vous dira lui-même que des opérations assez louches ont été faites par des gens que les scrupules n'étranglent pas... Enfin...

C'était le plus dur ! Malgré tout, l'avocat dut avaler sa salive avant de poursuivre :

— Vous avez trouvé les caisses du château vides... Or, il est indispensable que madame votre mère...

— Madame votre mère ! répéta Maigret avec admiration.

— Madame votre mère... reprit l'avocat sans sourciller. Qu'est-ce que je disais ?... Oui ! Que les funérailles soient dignes des Saint-Fiacre... En attendant que les affaires soient arrangées au mieux des intérêts de chacun, mon client s'y emploiera...

— Autrement dit, il avancera les fonds nécessaires à l'enterrement... C'est bien cela ?

Maigret n'osait pas regarder le comte. Il fixait Emile Gautier qui faisait une nouvelle série magistrale et il attendait, crispé, le vacarme qui allait éclater à son côté.

Mais non ! Saint-Fiacre se levait. Il parlait à un nouvel arrivant.

— Prenez donc place à notre table, monsieur.

C'était Métayer qui venait d'entrer et à qui

l'avocat avait sans doute expliqué par signes que tout allait bien.

— Un Raphaël-citron aussi ?... Garçon !...

Applaudissements dans la salle, parce que le morceau d'orchestre était fini. La rumeur éteinte, ce fut plus gênant, car les voix résonnaient davantage. Il n'y avait plus que le choc des billes d'ivoire pour rompre le silence.

— J'ai dit à monsieur le comte, qui a très bien compris...

— Pour qui le Raphaël ?

— Vous êtes venu de Saint-Fiacre en taxi, messieurs ?... Dans ce cas, je mets ma voiture à votre disposition pour vous reconduire... Vous serez un peu à l'étroit... J'emmène déjà le commissaire... Combien, garçon ?... Mais non ! Je vous en prie... C'est ma tournée...

Mais l'avocat s'était levé et poussait un billet de cent francs dans la main du garçon qui questionnait :

— Le tout ?

— Mais oui ! Mais oui !

Et le comte d'articuler avec son plus gracieux sourire :

— Vous êtes vraiment trop charmant.

Emile Gautier, qui les regardait partir tous les quatre et se faire des politesses devant la porte, en oubliait de poursuivre sa série.

L'avocat se trouva assis devant, à côté du comte qui conduisait. Derrière, Maigret laissait à peine un peu de place à Jean Métayer.

Il faisait froid. Les phares n'éclairaient pas assez. La voiture était à échappement libre, ce qui empêchait de parler.

Maurice de Saint-Fiacre avait-il l'habitude de rouler à cette allure ? Fut-ce une petite vengeance ? Toujours est-il qu'il franchit les vingt-cinq kilomètres séparant Moulins du château en moins d'un quart d'heure, prenant les virages au frein, fonçant dans l'obscurité, n'évitant une fois que de justesse une charrette qui occupait le milieu de la route et qui l'obligea à grimper sur le talus.

Les visages étaient coupés par la bise. Maigret devait serrer à deux mains le col de son pardessus. On traversa le village sans ralentir. C'est à peine si on devina la lumière de l'auberge, puis le clocher pointu de l'église.

Un arrêt brusque, qui jeta les voyageurs les uns contre les autres. On était au pied du perron. On voyait les domestiques manger dans la cuisine en contrebas. Quelqu'un riait aux éclats.

— Vous me permettrez, messieurs, de vous offrir à dîner...

Métayer et l'avocat se regardèrent avec hésitation. Le comte les poussa d'une tape amicale à l'épaule vers l'intérieur.

— Je vous en prie... C'est mon tour, n'est-ce pas ?...

Et, dans le hall :

— Ce ne sera malheureusement pas très gai...

Maigret eût voulu lui dire quelques mots en

particulier, mais l'autre ne lui en laissa pas le temps, ouvrit la porte du fumoir.

— Voulez-vous m'attendre quelques instants en prenant l'apéritif ?... Des ordres à donner... Vous savez où sont les bouteilles, monsieur Métayer ?... Est-ce qu'il reste quelque chose de buvable ?...

Il pressa un bouton électrique. Le maître d'hôtel se fit attendre longtemps, arriva la bouche pleine, sa serviette à la main.

Saint-Fiacre lui arracha celle-ci d'un geste sec.

— Vous ferez venir le régisseur... Ensuite vous me demanderez au téléphone le presbytère, puis la maison du docteur...

Et aux autres :

— Vous permettez ?

L'appareil téléphonique était dans le hall. Celui-ci, comme le reste du château, était mal éclairé. En effet, l'électricité n'existant pas à Saint-Fiacre, le château devait faire son courant lui-même et le moteur était trop faible. Les ampoules, au lieu de donner une lumière blanche, laissaient voir des filaments rougeâtres, comme dans certains tramways lorsqu'ils s'arrêtent.

C'était plein de grands pans d'ombre où on distinguait à peine les objets.

— Allô !... Oui, j'y tiens absolument... Merci, docteur...

L'avocat et Métayer étaient inquiets. Mais ils n'osaient pas encore s'avouer leur inquiétude. Ce fut Jean Métayer qui rompit le silence en demandant au commissaire :

— Qu'est-ce que je puis vous offrir ?... Je ne crois pas qu'il reste de porto... Mais il y a des alcools...

Toutes les pièces du rez-de-chaussée étaient à l'enfilade, séparées par des portes grandes ouvertes. La salle à manger d'abord. Puis le salon. Puis le fumoir où les trois personnages se trouvaient. Enfin la bibliothèque où le jeune homme alla chercher des bouteilles.

— Allô... Oui... J'y compte ?... A tout de suite...

Le comte téléphonait toujours, puis marchait dans le corridor longeant toutes les pièces, montait à l'étage et ses pas s'arrêtaient dans la chambre de la morte.

D'autres pas, plus lourds, dans le hall. On frappa à la porte qui s'ouvrit aussitôt. C'était le régisseur.

— Vous m'avez demandé ?

Mais il s'apercevait que le comte n'était pas là, regardait avec ahurissement les trois personnes réunies, battait en retraite, questionnait le maître d'hôtel qui arrivait.

— De l'eau de Seltz ? s'inquiétait Jean Métayer.

Et l'avocat, plein de bonne volonté, commençait en toussotant :

— Nous avons l'un et l'autre de drôles de professions, commissaire... Il y a longtemps que vous appartenez à la police ?... Moi, je suis inscrit au barreau depuis bientôt quinze ans... C'est vous dire que j'ai été mêlé aux événements les plus troublants qu'on puisse imaginer... A votre santé !... A la vôtre, monsieur Métayer... Je suis content pour vous de la tournure que prennent les...

La voix du comte, dans le corridor :

— Eh bien ! vous en trouverez ! Téléphonez à votre fils, qui est en train de jouer au billard au *Café de Paris*, à Moulins... Il apportera le nécessaire...

La porte s'ouvrit. Le comte entra.

— Vous avez à boire ?... Il n'y a pas de cigares, ici ?

Et il regardait Métayer d'un air interrogateur.

— Des cigarettes... Je ne fume que...

Le jeune homme n'acheva pas, détourna la tête, gêné.

— Je vais vous en apporter.

— Messieurs, vous voudrez bien excuser le repas très sommaire que vous allez faire... Nous sommes éloignés de la ville et...

— Allons ! Allons ! intervint l'avocat, à qui l'alcool commençait à faire de l'effet. Je suis persuadé que ce sera très bien... C'est le portrait d'un de vos parents ?...

Il montrait, au mur du grand salon, le portrait d'un homme vêtu d'une redingote rigide, le cou pris dans un faux col empesé.

— C'est mon père.

— Oui ! Vous lui ressemblez.

Le domestique introduisait le Dr Bouchardon qui regarda autour de lui avec méfiance,

142

comme s'il eût pressenti un drame. Mais Saint-Fiacre le reçut d'une façon enjouée.

— Entrez, docteur... Je suppose que vous connaissez Jean Métayer... Son avocat... Un homme charmant, comme vous le verrez... Quant au commissaire...

Les deux hommes se serrèrent la main et quelques instants plus tard le médecin grommelait à l'oreille de Maigret :

— Qu'est-ce que vous avez manigancé là ?

— Ce n'est pas moi... C'est lui !

L'avocat, par contenance, se dirigeait sans cesse vers le guéridon sur lequel son verre était posé et il ne se rendait pas compte qu'il buvait plus que de raison.

— Quelle merveille, ce vieux château !... Et quel cadre pour un film !... C'est ce que je disais récemment au procureur de Bourges, qui a horreur du cinéma... Tant qu'on tournera dans des décors qui...

Il s'animait, cherchait sans cesse à se raccrocher à quelqu'un.

Quant au comte, il s'était approché de Métayer et se montrait à son égard d'une amabilité inquiétante.

— Le plus triste, ici, ce sont les longues soirées d'hiver, n'est-ce pas ?... *De mon temps,* je me souviens que mon père avait l'habitude d'inviter, lui aussi, le docteur et le curé... Ce n'étaient pas les mêmes qu'à présent... Mais déjà le docteur était un mécréant et les discussions finissaient toujours par rouler sur des sujets philosophiques... Voici justement le...

C'était le curé, les yeux cernés, l'attitude compassée, qui ne savait que dire et qui restait hésitant sur le seuil.

— Excusez-moi d'être en retard mais...

A travers les portes ouvertes, on voyait deux domestiques qui dressaient les couverts dans la salle à manger.

— Offrez donc quelque chose à boire à monsieur le curé...

C'était à Métayer que le comte parlait. Maigret remarquait que lui-même ne buvait pas. Mais l'avocat, lui, ne tarderait pas à être ivre. Il expliquait au docteur, qui regardait le commissaire avec ahurissement :

— Un peu de diplomatie, tout simplement ! Ou, si vous préférez, la connaissance de l'âme humaine... Ils sont à peu près du même âge, de bonne famille tous les deux... Dites-moi pourquoi ils se seraient regardés comme des chiens de faïence ?... Est-ce que leurs intérêts ne sont pas connexes ?... Le plus curieux...

Il rit. Il but une gorgée d'alcool.

— ... c'est que cela s'est passé par hasard, dans un café... Comme quoi ces braves cafés de province, où l'on est comme chez soi, ont du bon...

On avait entendu dehors un bruit de moteur. Le comte pénétra un peu plus tard dans la salle à manger où le régisseur se trouvait et on perçut une fin de phrase :

— Tous les deux, oui !... Si vous voulez !... C'est un ordre !...

Sonnerie de téléphone. Le comte était

revenu au milieu de ses invités. Le maître d'hôtel entra dans le fumoir.

— Qu'est-ce que c'est ?

— L'entrepreneur des pompes funèbres... Il demande à quelle heure on peut apporter le cercueil...

— Quand il voudra.

— Bien, monsieur le comte !

Et celui-ci lança presque gaiement :

— A table, voulez-vous ?... J'ai fait monter les dernières bonnes bouteilles de la cave... Passez le premier, monsieur le curé... Cela manque un peu de dames, mais...

Maigret voulut le retenir un instant par la manche. L'autre le regarda dans les yeux, avec une pointe d'impatience, se dégagea brusquement et pénétra dans la salle à manger.

— J'ai invité M. Gautier, notre régisseur, ainsi que son fils, qui est un garçon d'avenir, à partager notre repas...

Maigret regardait les cheveux de l'employé de banque et, malgré son inquiétude, il ne put s'empêcher de sourire. Les cheveux étaient humides. Avant d'entrer au château, le jeune homme avait rectifié sa raie, s'était lavé la figure et les mains, avait changé de cravate.

— A table, messieurs !

Et le commissaire eut la certitude qu'un sanglot gonflait la gorge de Saint-Fiacre. Cela passa inaperçu, parce que le docteur détournait involontairement l'attention en saisissant un flacon poudreux et en murmurant :

— Vous avez encore de l'Hospice de

Beaune 1896 ?... Je croyais que les dernières bouteilles avaient été acquises par le restaurant Larue et que...

Le reste se perdit dans le bruit des chaises remuées. Le prêtre, mains jointes sur la nappe, tête baissée, lèvres mobiles, récitait les grâces.

Maigret surprit le regard insistant que Saint-Fiacre laissait peser sur lui.

9

Sous le signe de Walter Scott

La salle à manger était la pièce du château qui avait le moins perdu de son caractère, grâce aux boiseries sculptées qui couvraient les murs jusqu'au plafond. En outre, la pièce était plus haute que vaste, ce qui la rendait non seulement solennelle mais lugubre, car on avait l'impression de manger au fond d'un puits.

Sur chaque panneau, deux lampes électriques, de ces lampes oblongues qui imitent les cierges, y compris les fausses larmes de cire.

Au milieu de la table, un vrai chandelier à sept branches, avec sept vraies bougies.

Le comte de Saint-Fiacre et Maigret étaient face à face, mais ne pouvaient se voir qu'en raidissant le torse pour regarder par-dessus les flammes.

A droite du comte, le prêtre. A gauche, le Dr Bouchardon. Le hasard avait placé Jean Métayer à un bout de la table, l'avocat à l'autre bout. Et aux côtés du commissaire il y avait le régisseur d'une part, Emile Gautier de l'autre.

Le maître d'hôtel s'avançait parfois dans la lumière pour servir les convives, mais aussitôt qu'il reculait de deux mètres il était noyé dans l'ombre et on ne voyait plus que ses mains gantées de blanc.

— Ne trouvez-vous pas qu'on se croirait dans un roman de Walter Scott ?

C'était le comte qui parlait, d'une voix indifférente. Et pourtant Maigret tendit l'oreille, car il sentit une intention, devina que quelque chose allait commencer.

On n'était qu'aux hors-d'œuvre. Sur la table, il y avait pêle-mêle une vingtaine de bouteilles de vin blanc et rouge, bordeaux et bourgogne, et chacun se servait à sa guise.

— Il n'y a qu'un détail qui cloche... poursuivait Maurice de Saint-Fiacre. Dans Walter Scott, la pauvre vieille, là-haut, se mettrait tout à coup à crier...

L'espace de quelques secondes, chacun cessa de mastiquer et on sentit passer comme un courant d'air glacé.

— Au fait, Gautier, on l'a laissée toute seule ?

Le régisseur avala en hâte, bégaya :

— Elle... Oui... Il n'y a personne dans la chambre de madame la comtesse...

— Ce ne doit pas être gai !

A cet instant un pied frôla celui de Maigret avec insistance mais le commissaire ne put deviner à qui ce pied appartenait. La table était ronde. Chacun pouvait en atteindre le centre. Et l'incertitude de Maigret allait continuer car, durant la soirée, les petits coups de pied allaient se succéder à une cadence de plus en plus rapide.

— Elle a reçu beaucoup de monde aujourd'hui ?

C'était gênant de l'entendre parler ainsi de sa mère comme d'une personne vivante et le commissaire constata que Jean Métayer en était si affecté qu'il cessait de manger et qu'il regardait droit devant lui de ses yeux de plus en plus cernés.

— Presque tous les fermiers du pays ! répondit la voix grave du régisseur.

Quand le maître d'hôtel apercevait une main tendue vers une bouteille, il s'approchait sans bruit. On voyait surgir son bras noir terminé par un gant blanc. Le liquide coulait. Et c'était fait dans un tel silence, avec une adresse telle que l'avocat, plus qu'éméché, recommença trois ou quatre fois l'expérience avec émerveillement.

Il suivait, ravi, ce bras qui ne frôlait même pas son épaule. A la fin il n'y tint plus.

— Epatant ! Maître d'hôtel, vous êtes un as et, si je pouvais me payer un château, je vous prendrais à mon service...

— Bah ! le château sera bientôt à vendre pour pas cher...

Cette fois, tout de même, Maigret fronça les sourcils en regardant Saint-Fiacre qui parlait de la sorte, d'une drôle de voix indifférente mais quelque peu funambulesque. Malgré tout, il y avait dans ces reparties quelque chose de grinçant. Avait-il enfin les nerfs à fleur de peau ? Etait-ce une façon sinistre de plaisanter ?

— Poulets demi-deuil... annonça-t-il comme le maître d'hôtel apportait en effet des poulets aux truffes.

Et, sans transition, de la même voix légère :

— L'assassin va manger du poulet demi-deuil, comme les autres !

Le bras du maître d'hôtel se glissait entre les convives. La voix du régisseur articula avec une désolation comique :

— Oh ! monsieur le comte...

— Mais oui ! Qu'y a-t-il d'extraordinaire à cela ? L'assassin est ici, cela ne fait aucun doute ! Mais que cela ne vous coupe donc pas l'appétit, monsieur le curé ! Le cadavre est dans la maison aussi et cela ne nous empêche pas de manger... Un peu de vin pour monsieur le curé, Albert !...

Le pied frôlait à nouveau la cheville de Maigret qui laissa tomber sa serviette, se pencha sous la table, mais trop tard. Quand il se redressa, le comte disait sans s'arrêter de manger son poulet :

— Je parlais tout à l'heure de Walter Scott,

à cause de l'atmosphère qui règne dans cette pièce, mais aussi et surtout à cause de l'assassin... En somme, n'est-ce pas ? c'est une veillée funèbre... Les obsèques ont lieu demain matin et il est probable que nous ne nous séparerons pas d'ici là... M. Métayer a tout au moins le mérite d'avoir rempli la cave à liqueurs d'excellent whisky...

Et Maigret essayait de se souvenir de ce que Saint-Fiacre avait bu. Moins que le docteur, en tout cas, qui s'écriait :

— Excellent ! Ça oui ! Mais aussi mon client est-il petit-fils de vignerons et...

— Je disais... Qu'est-ce que je disais donc ?... Ah ! oui !... Remplissez le verre de monsieur le curé, Albert...

» Je disais que, puisque l'assassin est ici, les autres font en quelque sorte figure de justiciers... Et c'est par cela que notre assemblée ressemble à un chapitre de Walter Scott...

» Remarquez qu'en réalité l'assassin en question ne risque rien. N'est-ce pas, commissaire ?... Ce n'est pas un crime de glisser une feuille de papier dans un missel...

» A ce sujet, docteur... Quand a eu lieu la dernière crise de ma mère ?...

Le docteur s'essuya les lèvres, regarda autour de lui d'un air maussade :

— Il y a trois mois, quand vous avez télégraphié de Berlin que vous étiez malade dans une chambre d'hôtel et que...

— Je réclamais de la galette ! Voilà !

— J'ai annoncé à ce moment que la prochaine émotion violente serait funeste.

— Si bien que... Voyons... Qui le savait ? Jean Métayer, bien entendu... Moi, évidemment !... Le père Gautier, qui est presque de la maison... Enfin vous et monsieur le curé...

Il avala un plein verre de pouilly, fit la grimace :

— Ceci pour vous dire qu'en bonne logique nous pouvons presque tous être considérés comme des coupables possibles... Si cela vous amuse...

A croire qu'il choisissait exprès les mots les plus choquants !

— ... Si cela vous amuse nous allons examiner le cas de chacun en particulier... Commençons par monsieur le curé... Avait-il intérêt à tuer ma mère ?... Vous allez voir que la réponse n'est pas si simple qu'elle en a l'air... Je laisse la question d'argent de côté...

Le prêtre suffoquait, hésitait à se lever.

— Monsieur le curé n'avait rien à espérer... Mais c'est un mystique, un apôtre, presque un saint... Il a une drôle de paroissienne qui fait scandale par sa conduite... Tantôt elle se précipite à l'église comme la plus fervente des fidèles et tantôt elle fait régner le scandale sur Saint-Fiacre... Mais non ! Ne faites pas cette tête, Métayer... Nous sommes entre hommes... Nous faisons, si vous voulez, de la haute psychologie...

» Monsieur le curé a une foi si vive qu'elle pourrait le pousser à certaines extrémités...

152

Souvenez-vous du temps où on brûlait les pêcheurs pour les purifier... Ma mère est à la messe... Elle vient de communier... Elle est en état de grâce... Mais, tout à l'heure, elle va retomber dans son péché et être à nouveau un objet de scandale...

» Si elle meurt, là, à son banc, saintement...

— Mais... commença le prêtre qui avait de grosses larmes dans les yeux et qui se retenait à la table pour rester calme.

— Je vous en prie, monsieur le curé... Nous faisons de la psychologie... Je veux vous prouver que les personnes les plus austères peuvent être soupçonnées des pires atrocités... Si nous passons au docteur, je suis plus embarrassé... Ce n'est pas un saint... Et, ce qui le sauve, c'est de ne pas même être un savant... Car, dans ce cas, il aurait pu faire le coup du bout de papier dans le missel pour expérimenter la résistance d'un cœur malade...

Le bruit des fourchettes s'était tellement ralenti qu'il était presque tombé à zéro. Et les regards étaient fixes, inquiets, voire hagards. Il n'y avait que le maître d'hôtel à remplir les verres en silence, avec une régularité de métronome.

— Vous êtes lugubres, messieurs... Est-ce que, vraiment, entre gens intelligents, on ne peut pas aborder certains sujets ?...

» Servez la suite, Albert... Donc, nous mettons le docteur à part, faute de le considérer

comme un savant ou comme un chercheur...
C'est sa médiocrité qui le sauve...

Il eut un petit rire, se tourna vers le père
Gautier.

— A vous !... Cas plus complexe... Nous
nous plaçons toujours du point de vue de
Sirius, n'est-ce pas ?... Deux éventualités...
D'abord, vous êtes le régisseur modèle,
l'homme intègre qui consacre sa vie à ses
maîtres, au château qui l'a vu naître... Il ne
vous a pas vu naître, mais ce n'est rien... Dans
ce cas, votre situation n'est pas nette... Les
Saint-Fiacre n'ont qu'un héritier mâle... Et
voilà que la fortune est en train de filer morceau par morceau au nez de cet héritier... La
comtesse se conduit comme une folle... Est-
ce qu'il n'est pas temps de sauver les restes ?...

» Ça, c'est noble comme du Walter Scott et
votre cas ressemble à celui de monsieur le
curé...

» Mais il y a le cas contraire aussi ! Vous
n'êtes plus le régisseur modèle que le château
a vu naître... Vous êtes une canaille qui,
depuis des années, profitez et abusez de la fai-
blesse de vos maîtres... Les fermes que l'on
doit vendre, c'est vous qui les rachetez en
sous-main... Les hypothèques, c'est vous qui
les prenez... Ne vous fâchez pas, Gautier...
Est-ce que le curé s'est fâché, lui ?... Et pourtant ce n'est pas fini...

» Vous êtes presque le vrai propriétaire du
château...

— Monsieur le comte !

— Vous ne savez donc pas jouer ? Je vous dis que nous jouons ! Nous jouons, si vous voulez, à être tous des commissaires comme votre voisin... Le moment est arrivé où la comtesse est à bout, où on va tout vendre et où on s'apercevra que c'est vous qui avez profité de la situation... Est-ce que la comtesse ne ferait pas mieux de mourir, bien gentiment, ce qui lui évitera par surcroît de connaître la misère ?...

Et, se tournant vers le maître d'hôtel, ombre dans l'ombre, démon aux deux mains d'un blanc de craie :

— Albert !... Allez chercher le revolver de mon père... Pour autant qu'il existe encore...

Il se versa à boire en même temps qu'à ses deux voisins, tendit la bouteille à Maigret.

— Vous voulez bien faire le service de votre côté ?... Ouf ! Nous voilà à peu près à la moitié de notre jeu... Mais attendons Albert... Monsieur Métayer... Vous ne buvez pas...

On entendit un « merci » étranglé.

— Et vous, maître ?

Et celui-ci, la bouche pleine, la langue pâteuse :

— Merci ! Merci ! J'ai tout ce qu'il me faut... Dites donc ! Savez-vous que vous feriez un fameux avocat général ?...

Il était le seul à rire, à manger avec un appétit indécent, à boire verre sur verre, tantôt du bourgogne, tantôt du bordeaux, sans même s'apercevoir de la différence.

On entendit sonner dix heures du soir à la

cloche grêle de l'église. Albert tendait un gros revolver à barillet au comte et celui-ci en vérifiait le chargement.

— Parfait !... Je le pose ici, au milieu de la table, qui est ronde... Vous remarquerez, messieurs, qu'il est à égale distance de chacun... Nous avons examiné trois cas... Nous allons en examiner trois autres... Me permettez-vous d'abord une prédiction ?... Eh bien ! pour rester dans la tradition et dans la note de Walter Scott, je vous annonce qu'avant qu'il soit minuit l'assassin de ma mère sera mort !...

Maigret lui lança un regard aigu par-dessus la table, vit des yeux trop brillants, comme si Saint-Fiacre eût été ivre. Au même instant un pied toucha à nouveau le sien.

— Et maintenant, je continue... Mais mangez donc votre salade... Je passe à votre voisin de gauche, commissaire, c'est-à-dire à Emile Gautier... Un garçon sérieux, un travailleur qui, comme on dit dans les distributions de prix, s'est élevé par sa seule valeur et par un effort opiniâtre...

» Est-ce qu'il a pu tuer ?

» Une première hypothèse : il a travaillé pour son papa, d'accord avec lui...

» Il va chaque jour à Moulins... C'est lui qui connaît le mieux l'état financier de la famille... Il a toutes facilités pour voir un imprimeur ou un ouvrier typographe...

» Passons ! Deuxième hypothèse... Vous m'excuserez, Métayer, de vous dire, si vous ne le savez pas encore, que vous aviez un rival...

156

Emile Gautier n'est pas une beauté... N'empêche qu'il a occupé avant vous la place que vous occupiez avec tant de tact...

» Il y a de cela quelques années... Est-ce qu'il a conçu certains espoirs ?... Est-ce que, depuis lors, il lui est arrivé d'émouvoir à nouveau le cœur trop sensible de ma mère ?...

» Toujours est-il qu'il a été son protégé officiel, que toutes les ambitions lui ont été permises...

» Vous êtes venu... Vous avez vaincu...

» Tuer la comtesse et en même temps faire tomber les soupçons sur vous...

Maigret en avait les doigts de pied mal à l'aise dans les chaussures. Tout cela était odieux, sacrilège ! Saint-Fiacre parlait avec une exaltation d'ivrogne. Et les autres se demandaient s'ils tiendraient jusqu'au bout, s'ils devaient rester, subir cette scène ou se lever et partir.

— Vous voyez que nous nageons en pleine poésie... Remarquez que la comtesse elle-même, là-haut, serait incapable, si elle pouvait parler, de nous livrer la clef du mystère. L'assassin est rigoureusement le seul à être au courant de son crime... Mangez, Emile Gautier... Ne vous laissez surtout pas impressionner, comme votre père, qui semble sur le point de se trouver mal...

» Albert !... Il doit bien rester quelques bouteilles de vin dans un casier...

» A vous, jeune homme !

Et il se tournait en souriant vers Métayer, qui se leva d'une détente.

— Monsieur, mon avocat...

— Asseyez-vous donc, que diable ! Et ne nous faites pas croire qu'à votre âge vous ne comprenez pas la plaisanterie...

Maigret le regardait tandis qu'il prononçait ces paroles et il constatait que le front du comte était couvert de grosses gouttes de sueur.

— Nous ne cherchons aucun à nous faire meilleurs que nous sommes, n'est-il pas vrai ? Bien ! Je vois que vous commencez à saisir. Prenez un fruit ! C'est excellent pour la digestion...

Il faisait une chaleur insupportable et Maigret se demanda qui avait éteint les lampes électriques, ne laissant que les bougies de la table allumées.

— Votre cas est si simple qu'il en devient sans intérêt... Vous jouiez un rôle pas folichon, qu'on n'accepte pas de jouer très longtemps... Enfin, vous étiez couché sur le testament... Ce testament risquait à tout moment d'être changé... Une mort subite et c'était fini ! Vous étiez libre ! Vous récoltiez le fruit de votre... de votre sacrifice... Et, ma foi, vous épousiez quelque jeune fille que vous devez avoir en vue dans votre pays...

— Pardon ! intervint l'avocat, si comiquement que Maigret ne put réprimer un sourire.

— Votre gueule ! Buvez !

Saint-Fiacre était catégorique ! Il était ivre,

cela ne faisait plus l'ombre d'un doute ! Il avait cette éloquence particulière aux ivrognes, mélange de brutalité et de finesse, de facilité d'élocution et de mots escamotés.

— Il ne reste que moi !

Il appela Albert.

— Dites, mon vieux, vous allez monter là-haut... Ce doit être tellement lugubre pour ma mère de rester toute seule...

Maigret vit le regard interrogateur du domestique se poser sur le vieux Gautier, qui battit affirmativement des paupières.

— Un instant ! Mettez d'abord des bouteilles à table... Le whisky aussi... Personne ne se soucie du protocole, je suppose...

Il regarda l'heure à sa montre.

— Onze heures dix minutes... Je parle tellement que je n'ai pas entendu les cloches de votre église, monsieur le curé...

Et, comme le maître d'hôtel poussait légèrement le revolver en mettant les flacons de whisky à table, le comte intervint.

— Attention, Albert !... Il doit rester à égale distance de chacun...

Il attendit que la porte fût refermée.

— Et voilà ! conclut-il. Il ne reste que moi ! Je ne vous apprends rien en vous disant que je n'ai jamais rien fait de bon ! Sauf peut-être du vivant de mon père... Mais, puisqu'il est mort alors que je n'avais que dix-sept ans...

» Je suis à la côte ! Tout le monde sait ça ! Les petits journaux hebdomadaires en parlent à mots à peine couverts...

» Chèques sans provision... Je tape maman le plus souvent possible... J'invente la maladie de Berlin pour obtenir quelques milliers de francs...

» Remarquez que c'est, en plus petit, le coup du missel...

» Or, que se passe-t-il ?... L'argent qui me revient est dépensé par des petits salopards comme Métayer... Excusez-moi, mon vieux... Nous faisons toujours de la psychologie transcendante...

» Bientôt il ne restera plus rien... Je téléphone à ma mère, à un moment où un chèque non provisionné va me valoir la prison... Elle refuse de payer... Cela pourra être établi par des témoignages...

» Enfin, si cela continue, dans quelques semaines il ne restera rien de mon patrimoine...

» Deux hypothèses, comme pour Emile Gautier. La première...

Jamais, de sa carrière, Maigret n'avait été aussi mal à l'aise. Et sans doute était-ce la première fois qu'il avait la sensation très nette d'être inférieur à la situation. Les événements le dépassaient. Parfois il croyait comprendre et l'instant d'après une phrase de Saint-Fiacre remettait tout en question !

Et il y avait toujours ce pied insistant, contre le sien.

— Si on parlait d'autre chose ! osa lancer l'avocat parfaitement saoul.

— Messieurs... commença le prêtre.

— Pardon ! Vous me devez votre temps jusqu'à minuit au moins ! Je disais que la première hypothèse...

» Parfait ! Vous m'avez fait perdre le fil de mes idées...

Et, comme pour le retrouver, il se versa un plein verre de whisky.

— Je sais que ma mère est très sensible. Je glisse le papier dans son missel, histoire de l'effrayer et, par le fait, de l'attendrir, avec l'idée de revenir le lendemain pour lui demander les fonds nécessaires et l'espoir de la trouver plus accommodante...

» Mais il y a la seconde hypothèse ! Pourquoi ne voudrais-je pas tuer, moi aussi ?

» Tout l'argent des Saint-Fiacre n'est pas dévoré ! Il en reste un peu ! Et, dans ma situation, un peu d'argent, si peu que ce soit, c'est peut-être le salut !

» Je sais vaguement que Métayer est couché sur le testament. Mais un assassin ne peut hériter...

» Est-ce que ce n'est pas lui qu'on soupçonnera du crime ? Lui qui passe une partie de son temps dans une imprimerie de Moulins ! Lui qui, vivant au château, peut comme il veut et quand il veut glisser le papier dans le missel ?

» Ne suis-je pas arrivé à Moulins samedi après-midi ? Et n'ai-je pas attendu là-bas, en compagnie de ma maîtresse, le résultat de cette manœuvre ?...

Il se leva, son verre à la main.

— A votre santé, messieurs... Vous êtes lugubres... Je le regrette... Toute la vie de ma pauvre mère, durant ces dernières années, a été lugubre... Pas vrai, monsieur le curé ?... Il serait juste que sa dernière nuit soit accompagnée d'un peu de gaieté...

Il regarda le commissaire dans les yeux.

— A votre santé, monsieur Maigret !

De qui se moquait-il ? De lui ? De tout le monde ?

Maigret se sentait en présence d'une force contre laquelle il n'y avait rien à tenter. Certains individus, à un moment donné de leur vie, ont ainsi une heure de plénitude, une heure pendant laquelle ils sont placés en quelque sorte au-dessus du reste de l'humanité et d'eux-mêmes.

C'est le cas du joueur qui, à Monte-Carlo, gagne à tout coup, quoi qu'il fasse. C'est le cas du parlementaire de l'opposition, jusque-là inconnu, qui, par son discours, fait vaciller le gouvernement, le renverse et en est le premier étonné, puisqu'il ne désirait que quelques lignes au *Journal officiel*.

Maurice de Saint-Fiacre vivait son heure. Il y avait en lui une force qu'il ne soupçonnait pas lui-même et les autres ne pouvaient que baisser la tête.

Mais n'était-ce pas l'ivresse qui l'emportait de la sorte ?

— Revenons à ce qui a fait le début de notre entretien, messieurs, puisqu'il n'est pas encore minuit... J'ai dit que l'assassin de ma

162

mère était parmi nous... J'ai prouvé que ce pouvait être moi ou l'un d'entre vous, hormis peut-être le commissaire et le docteur !

» Encore n'en suis-je pas sûr...

» Et j'ai annoncé sa mort...

» Me permettez-vous une fois de plus le jeu des hypothèses ? Il sait que la loi ne peut rien contre lui. Mais il sait aussi que nous sommes quelques-uns, ou plutôt qu'il restera quelques personnes, six au moins, connaissant son crime...

» Là encore, nous nous trouvons devant plusieurs solutions...

» La première est la plus romantique, la plus conforme à Walter Scott...

» Mais il faut que je fasse une nouvelle parenthèse... Quelle est la caractéristique de ce crime ?... C'est qu'il y a au moins cinq individus qui gravitaient autour de la comtesse... Cinq individus qui avaient intérêt à sa mort, qui ont peut-être, chacun de son côté, envisagé les moyens de provoquer celle-ci...

» Un seul a osé... Un seul a tué !...

» Eh bien ! je vois très bien celui-là profiter de cette soirée pour se venger des autres... Il est perdu !... Pourquoi ne pas nous faire sauter tous ?...

Et Maurice de Saint-Fiacre, avec un sourire désarmant, regarda chacun tour à tour.

— Est-ce assez passionnant ? La vieille salle à manger du vieux château, les bougies, la table chargée de bouteilles... Puis, à minuit, la mort... Notez que c'est en même temps la suppression du scandale... Demain, les gens accourent et n'y comprennent rien... On parle de fatalité ou d'attentat anarchiste...

L'avocat s'agita sur sa chaise, jeta un coup d'œil anxieux autour de lui, vers la pénombre qui commençait à régner à moins d'un mètre de la table.

— Si je puis me permettre de rappeler que je suis médecin, grommela Bouchardon, je conseillerais à chacun une tasse de café bien noir...

— Et moi, dit lentement le prêtre, je vous dirai qu'il y a un mort dans la maison...

Saint-Fiacre hésita une seconde. Un pied frôla la cheville de Maigret qui se pencha soudain, trop tard une fois de plus.

— Je vous ai demandé jusqu'à minuit... Je n'ai examiné que la première hypothèse... Il y en a une seconde... L'assassin, traqué, affolé, se tire une balle dans la tête... *Mais je ne crois pas qu'il le fera...*

— Je supplie que l'on passe au fumoir ! glapit l'avocat en se levant et en se raccrochant au dossier de sa chaise pour ne pas tomber.

— Et enfin il y a une troisième hypothèse... Quelqu'un, qui tient à l'honneur de la famille, vient en aide à l'assassin... Attendez... La question est plus complexe... Est-ce qu'il ne faut pas éviter le scandale ?... Est-ce qu'il ne faut pas *aider* le coupable à se suicider ?...

» Le revolver est là, messieurs, à égale distance de toutes les mains... Il est minuit moins dix... Je vous répète qu'à minuit l'assassin sera mort...

Et cette fois l'accent était tel que chacun resta coi. Les respirations étaient suspendues.

— La victime est là-haut, veillée par un domestique... L'assassin est ici, entouré par sept personnes...

Saint-Fiacre vida d'un trait le contenu de son verre. Et le pied anonyme frôlait toujours le pied de Maigret.

— Minuit moins six... Est-ce assez Walter Scott ?... Tremblez, monsieur l'assassin...

Il était ivre ! Et il continuait à boire !

— Cinq personnes au moins pour dépouiller une vieille femme privée de son mari, d'affection... Un seul qui a osé... Ce sera la bombe ou le revolver, messieurs... La bombe qui nous fera sauter tous, ou le revolver qui n'atteindra que le coupable... Minuit moins quatre...

Et, d'une voix sèche :

— N'oubliez pas que personne ne sait !...

Il saisit la bouteille de whisky, servit à la ronde, en commençant par le verre de Maigret et en finissant par celui d'Emile Gautier.

Il ne remplit pas le sien. N'avait-il pas assez bu ? Une bougie s'éteignit. Les autres allaient suivre.

— J'ai dit minuit... Minuit moins trois...

Il affectait des airs de commissaire-priseur.

— Minuit moins trois... moins deux... L'assassin va mourir... Vous pouvez commencer une prière, monsieur le curé... Et vous,

docteur, avez-vous au moins votre trousse ?...
Moins deux... Moins une et demie...

Et toujours ce pied insistant contre le pied de Maigret. Il n'osait plus se baisser, par crainte de rater un autre spectacle.

— Moi, je m'en vais ! cria l'avocat en se levant.

Tous les regards se tournèrent vers lui. Il était debout. Il étreignait le dossier de sa chaise. Il hésitait à esquisser les trois pas dangereux qui le conduiraient à la porte. Il hoqueta.

Et au même moment une détonation retentit. Il y eut une seconde, peut-être deux, d'immobilité générale.

Une deuxième bougie s'éteignit et en même temps Maurice de Saint-Fiacre vacilla, heurta des épaules le dossier de sa chaise gothique, se pencha à gauche, eut un sursaut pour gagner la droite mais retomba, inerte, la tête sur le bras du curé.

10

La veillée funèbre

La scène qui suivit fut confuse. Partout il se passait quelque chose et, après coup, chacun n'eût pu que raconter la petite partie des événements qu'il avait vue personnellement.

Il ne restait que cinq bougies pour éclairer la salle à manger. D'énormes pans demeuraient dans l'ombre et les gens, en s'agitant, y entraient ou en sortaient comme des coulisses d'un théâtre.

Celui qui avait tiré, c'était un des voisins de Maigret : Emile Gautier. Et, le coup à peine parti, il tendait les deux poignets vers le commissaire, en un geste un peu théâtral.

Maigret était debout. Gautier se leva. Son père aussi. Et tous trois formèrent un groupe d'un côté de la table tandis qu'un autre groupe se constituait autour de la victime.

Le comte de Saint-Fiacre avait toujours le

front sur le bras du prêtre. Le médecin s'était penché, avait regardé autour de lui d'un air sombre.

— Mort ?... questionnait la voix de l'avocat grassouillet.

Pas de réponse. On eût dit que, dans ce camp-là, les choses se passaient mollement, entre mauvais acteurs.

Il n'y avait que Jean Métayer à n'être ni d'un groupe, ni de l'autre. Il était resté près de sa chaise, inquiet, en proie à un tremblement, et il ne savait de quel côté regarder.

Pendant les minutes qui avaient précédé son geste, Emile Gautier avait dû préparer son attitude car à peine avait-il remis l'arme sur la table qu'il faisait littéralement une déclaration, en regardant Maigret dans les yeux.

— C'est lui-même qui l'a annoncé, n'est-ce pas ?... L'assassin devait mourir... Et, puisqu'il était trop lâche pour se faire justice lui-même...

Son assurance était extraordinaire.

— J'ai fait ce que j'ai considéré comme mon devoir...

Est-ce que les autres, de l'autre côté de la table, entendaient ? Il y avait des pas dans le couloir. C'étaient les domestiques. Et le docteur alla à la porte pour les empêcher d'entrer. Maigret n'entendit pas ce qu'il leur dit pour les éloigner.

— J'ai vu Saint-Fiacre qui rôdait autour du

château la nuit du crime... C'est ainsi que j'ai compris...

Toute la scène était mal réglée. Et Gautier était cabotin en diable quand il déclara :

— Les juges diront si...

On entendit la voix du docteur.

— Vous êtes sûr que c'est Saint-Fiacre qui a tué sa mère ?

— Certain ! Aurais-je agi comme je l'ai fait si...

— Vous l'avez vu rôder autour du château la nuit qui a précédé le crime ?

— Je l'ai vu comme je vous vois. Il avait laissé son auto à l'entrée du village...

— Vous n'avez pas d'autre preuve ?

— J'en ai une ! Cet après-midi, l'enfant de chœur est venu me voir à la banque, avec sa mère... C'est sa mère qui l'a fait parler... Un peu après le crime, le comte a demandé à l'enfant de lui donner le missel et lui a promis une somme d'argent...

Maigret était à bout de patience, car il avait l'impression d'être laissé en dehors de la comédie !

Comédie, oui ! Pourquoi le docteur souriait-il dans sa barbiche ? Et pourquoi le prêtre repoussait-il doucement la tête de Saint-Fiacre ?

Comédie qui devait d'ailleurs se poursuivre sur un ton de farce et de drame tout ensemble.

Le comte de Saint-Fiacre, en effet, se levait comme un homme qui vient de sommeiller. Il avait le regard dur, un pli ironique mais menaçant au coin des lèvres.

— Viens me répéter ça ici !... prononça-t-il.

Et le cri qui retentit fut hallucinant. Emile Gautier hurlait sa peur, se raccrochait au bras de Maigret comme pour lui demander protection. Mais le commissaire reculait, laissait le champ libre aux deux hommes.

Il y avait quelqu'un qui ne comprenait pas : Jean Métayer. Et il était presque aussi effrayé que l'employé de banque. Pour comble, un des chandeliers fut renversé et la nappe commença à se consumer, répandit une odeur de brûlé.

Ce fut l'avocat qui éteignit le commencement d'incendie en versant le contenu d'une bouteille de vin.

— Viens ici !

C'était un ordre ! Et le ton était tel qu'on sentait qu'il n'y avait aucun moyen de désobéir.

Maigret avait saisi le revolver. Un simple coup d'œil lui avait montré qu'il était chargé à blanc.

Le reste, il le devinait. Maurice de Saint-Fiacre qui abandonnait sa tête au bras du prêtre... Quelques mots chuchotés pour qu'on laissât croire un moment à sa mort...

Maintenant, ce n'était plus le même homme. Il paraissait plus grand, plus solide. Il ne quittait pas le jeune Gautier des yeux et ce fut le régisseur qui courut soudain vers une fenêtre, l'ouvrit, cria à son fils :

— Par ici...

Ce n'était pas mal combiné. L'émotion était telle, et tel le désarroi, qu'à ce moment Gautier avait des chances de fuir.

Le petit avocat le fit-il exprès ? Sans doute que non ! Ou alors c'est l'ivresse qui lui donnait une sorte d'héroïsme. Comme le fuyard se dirigeait vers la fenêtre, il avança la jambe et Gautier s'étendit de tout son long.

Il ne se releva pas de lui-même. Une main l'avait saisi au collet, le soulevait, le mettait sur pied, et il hurla à nouveau en s'apercevant que c'était Saint-Fiacre qui l'obligeait à rester debout.

— Bouge plus !... Que quelqu'un ferme la fenêtre...

Et il lança une première fois son poing au visage de son compagnon, qui s'empourpra. Il le faisait froidement.

— Parle, maintenant ! Raconte...

Personne n'intervint. Personne n'en eut même l'idée, tant on sentait qu'un seul homme avait le droit d'élever la voix.

Il n'y eut que le père Gautier à gronder à l'oreille de Maigret :

— Vous allez laisser faire ?...

Et comment ! Maurice de Saint-Fiacre était maître de la situation, et il était à la hauteur de sa tâche !

— Tu m'as vu la nuit en question, c'est vrai !

Puis, aux autres :

— Savez-vous où ?... Sur le perron... J'allais

entrer... Il sortait... Je voulais, moi, emporter certains bijoux de famille pour les revendre... Nous nous sommes trouvés face à face, dans la nuit... Il gelait... Et cette crapule m'a dit qu'il sortait de... Vous devinez ? De la chambre de ma mère, oui !...

Plus bas, négligemment :

— J'ai renoncé à mon projet. J'ai regagné Moulins.

Jean Métayer écarquillait les yeux. L'avocat se caressait le menton, par contenance, louchait vers son verre qu'il n'osait pas aller prendre.

— Ce n'était pas une preuve suffisante... Car ils étaient deux dans la maison et Gautier pouvait avoir dit la vérité... Comme je l'ai expliqué tout à l'heure, il a été le premier à profiter du désarroi d'une vieille femme... Métayer n'est venu qu'ensuite... Métayer, sentant sa situation menacée, n'avait-il pas tenté de se venger ?... J'ai voulu savoir... Ils étaient sur leurs gardes, l'un comme l'autre... A croire qu'ils me défiaient...

» N'est-ce pas, Gautier ?... Le monsieur aux chèques sans provision qui rôde la nuit autour du château et qui n'oserait pas accuser, par crainte de se faire arrêter lui-même...

Et, d'une autre voix :

— Vous m'excuserez, monsieur le curé, et vous aussi, docteur, de vous faire renifler ces ordures... Mais on l'a déjà dit : la vraie justice, celle des tribunaux, n'a rien à faire ici... N'est-ce pas, monsieur Maigret ?... Avez-vous compris, au moins, quand tout à l'heure je vous donnais des coups de pied ?...

Il marchait de long en large, quittant la lumière pour l'ombre puis l'ombre pour la lumière. Il donnait l'impression d'un homme qui se contient, qui n'arrive à rester calme qu'au prix d'un terrible effort.

Parfois il s'approchait de Gautier au point de le toucher.

— Quelle tentation de prendre le revolver et de tirer ! Oui ! je l'avais dit moi-même : c'était le coupable qui mourrait à minuit ! Et toi, tu devenais le défenseur de l'honneur des Saint-Fiacre.

Cette fois, son poing frappa si fort, au beau milieu du visage, qu'un violent saignement de nez se déclara.

Emile Gautier avait des yeux de bête mourante. Sous le coup, il chancela et fut sur le point de pleurer de douleur, de peur, de désarroi.

L'avocat voulut s'interposer, mais Saint-Fiacre le repoussa.

— Je vous en prie, vous !

Et ce *vous* marquait toute la distance qu'il y avait entre eux. Maurice de Saint-Fiacre les dominait.

— Vous m'excuserez, messieurs, mais j'ai encore une petite formalité à remplir.

Il ouvrit la porte toute grande, se tourna vers Gautier.

— Viens !...

L'autre avait les pieds rivés au sol. Le couloir n'était pas éclairé. Il ne voulait pas y être seul avec son adversaire.

Ce ne fut pas long. Saint-Fiacre s'approcha de lui, frappa à nouveau, de telle sorte que Gautier alla rouler dans le hall.

— Monte !

Et il désignait l'escalier conduisant au premier étage.

— Commissaire ! je vous préviens que... haletait le régisseur.

Le prêtre avait détourné la tête. Il souffrait. Mais il n'avait pas la force de s'interposer. Tout le monde était à bout et Métayer se versa à boire, n'importe quoi, tant il avait la gorge sèche.

— Où vont-ils ? questionna l'avocat.

On les entendait marcher le long du couloir dont les pavés résonnaient sous les pas. Et on percevait la respiration forte de Gautier.

— Vous saviez tout ! dit lentement, très bas, Maigret au régisseur. Vous étiez d'accord, votre fils et vous ! Vous aviez déjà les métairies, les hypothèques... Mais Jean Métayer restait dangereux... Faire disparaître la comtesse... Et en même temps éloigner le gigolo qui serait soupçonné...

Un cri de douleur. Le docteur alla dans le couloir voir ce qui se passait.

— Rien ! dit-il. La canaille qui ne veut pas monter et qu'on aide à avancer...

— C'est odieux !... C'est un crime !... Qu'est-ce qu'il va faire ?... cria le vieux Gautier en s'élançant.

174

Maigret le suivit et le docteur. Ils arrivèrent au bas de l'escalier au moment où les deux autres, là-haut, atteignaient la porte de la chambre mortuaire.

Et on entendit la voix de Saint-Fiacre :

— Entre !

— Je ne peux pas... Je...

— Entre !

Un bruit mat. Un coup de poing encore.

Le père Gautier courait dans l'escalier, suivi par Maigret et par Bouchardon. Tous trois arrivèrent en haut comme la porte se refermait et personne ne bougea.

D'abord, on n'entendit rien derrière le lourd battant de chêne. Le régisseur retenait son souffle, grimaçait dans l'obscurité.

Un simple rai de lumière, sous la porte.

— A genoux !

Un temps. Un souffle rauque.

— Plus vite !... A genoux !... Et maintenant, demande pardon !...

Un nouveau silence, très long. Un cri de douleur. Cette fois, ce n'était pas un coup de poing que l'assassin avait reçu mais un coup de talon en pleine face.

— Par... pardon...

— C'est tout ?... C'est tout ce que tu trouves à dire ?... Souviens-toi que c'est elle qui t'a fait étudier...

— Pardon !

— Souviens-toi qu'il y a trois jours elle vivait.

— Pardon.

175

— Souviens-toi, sinistre petite crapule, que tu t'es jadis introduit dans son lit...

— Pardon !... Pardon !...

— Mieux que cela !... Allons !... Dis-lui que tu es un ignoble insecte... Répète...

— Je suis...

— A genoux, t'ai-je dit !... Est-ce qu'il te faut un tapis ?

— Aïe !... Je...

— Demande pardon...

Et soudain, à ces répliques que séparaient de longs silences, succéda une série de bruits violents. Saint-Fiacre ne se contenait plus. Il y avait des heurts contre le parquet.

Maigret entrouvrit la porte. Maurice de Saint-Fiacre tenait le cou de Gautier et lui frappait la tête contre terre.

En voyant le commissaire, il lâcha prise, s'épongea le front, se redressa de toute sa taille.

— C'est fait !... dit-il, le souffle court.

Il aperçut le régisseur, fronça les sourcils.

— Tu ne sens pas le besoin de demander pardon aussi, toi ?

Et le vieux eut tellement peur qu'il se jeta à genoux.

De la morte, on ne voyait, dans la lueur imprécise de deux cierges, que le nez qui semblait démesuré et les mains jointes qui tenaient un chapelet.

— Sors !

Le comte poussait Emile Gautier dehors,

refermait la porte. Et le groupe s'engageait dans l'escalier.

Emile Gautier saignait. Il ne trouvait pas son mouchoir. Le docteur lui passa le sien.

Car le spectacle était affreux : une face tourmentée, plaquée de sang ; le nez qui n'était plus qu'une tumeur et la lèvre supérieure fendue...

Et pourtant le plus laid, le plus odieux, c'étaient les yeux dont le regard fuyait...

Maurice de Saint-Fiacre, à grands pas, très droit comme un maître de maison qui sait ce qu'il a à faire, traversait le long couloir du rez-de-chaussée, ouvrait la porte, recevait une bouffée d'air glacé.

— Filez !... grommela-t-il, tourné vers le père et le fils.

Mais, au moment où Emile sortait, il le rattrapa d'un geste instinctif.

Maigret fut certain d'entendre un sanglot éclater dans la gorge du comte. Il frappait à nouveau, convulsivement, et il criait :

— Crapule !... Crapule !...

Il suffit d'ailleurs au commissaire de lui toucher l'épaule. Saint-Fiacre reprit possession de lui-même, lança littéralement le corps au bas des marches, ferma la porte.

Pas si vite qu'on n'entendît encore la voix du vieux :

— Emile... Où es-tu ?...

Le prêtre priait, accoudé au buffet. Dans un coin, Métayer et son avocat restaient immobiles, les regards fixés à la porte.

Maurice de Saint-Fiacre entra, la tête haute.

— Messieurs... commença-t-il.

Mais non ! Il ne pouvait plus parler. L'émotion l'étouffait. Il était à bout de résistance.

Il serra la main du docteur, celle de Maigret. Il leur faisait comprendre qu'ils n'avaient plus qu'à partir. Puis, se tournant vers Métayer et son compagnon, il attendit.

Ces deux-là ne semblaient pas comprendre. Ou bien la terreur les paralysait.

Pour leur montrer le chemin, il fallut un geste, suivi d'un claquement des doigts.

Rien d'autre !

Si, pourtant ! L'avocat cherchait son chapeau et Saint-Fiacre gémit :

— Plus vite !...

Derrière une porte, Maigret entendit un murmure et il devina que c'étaient les domestiques qui étaient là, à essayer de deviner ce qui se passait dans le château.

Il endossait son lourd pardessus. Il éprouva le besoin, une fois de plus, de serrer la main de Saint-Fiacre.

La porte était ouverte. Dehors, c'était une nuit claire et froide, sans un nuage. Les peupliers se découpaient sur un ciel baigné de lune. Des pas résonnaient quelque part, très loin, et il y avait de la lumière aux fenêtres de la maison du régisseur.

— Non, restez, vous, monsieur le curé...

Et la voix de Maurice de Saint-Fiacre dit encore dans le couloir sonore :

— Maintenant, si vous n'êtes pas trop fatigué, nous allons veiller ma mère...

11

Le sifflet à deux sons

— Il ne faut pas m'en vouloir si je vous soigne si mal, monsieur Maigret... Mais, avec l'enterrement...

Et la pauvre Marie Tatin s'affairait, préparait des caisses entières de bouteilles de bière et de limonade.

— Surtout que ceux qui habitent trop loin viendront casser la croûte...

Les champs étaient tout blancs de gelée et les herbes cassaient sous les pas. De quart d'heure en quart d'heure, les cloches de la petite église sonnaient le glas.

Le corbillard était arrivé dès le petit jour et les croque-morts étaient installés à l'auberge, en demi-cercle autour du poêle.

— Cela m'étonne que le régisseur ne soit pas chez lui ! leur avait dit Marie Tatin. Il est sans doute au château, près de monsieur Maurice...

Et, déjà, on apercevait quelques paysans qui avaient revêtu leurs habits du dimanche.

Maigret achevait son petit déjeuner quand, par la fenêtre, il vit arriver l'enfant de chœur, que sa mère tenait par la main. Mais la maman ne l'accompagna pas jusqu'à l'auberge. Elle s'arrêta à l'angle de la route, là où elle croyait n'être pas vue, et elle poussa son fils en avant comme pour lui donner l'impulsion nécessaire à atteindre l'auberge de Marie Tatin.

Quand Ernest entra, il était sûr de lui. Aussi sûr qu'un gamin qui, à la distribution des prix, récite une fable répétée pendant trois mois.

— Monsieur le commissaire est-il ici ?

Au moment même où il demandait cela à Marie Tatin, il apercevait Maigret et s'avançait vers lui, les deux mains dans les poches, l'une d'elles tripotant quelque chose.

— Je suis venu pour...

— Montre-moi ton sifflet.

Du coup, Ernest recula d'un pas, détourna le regard, réfléchit, murmura :

— Quel sifflet ?

— Celui que tu as en poche... Il y a long-temps que tu as envie d'un sifflet de boy-scout ?...

L'enfant le tirait machinalement de sa poche, le posait sur la table.

— Et maintenant, raconte-moi ta petite histoire.

Un coup d'œil méfiant, puis un imperceptible haussement d'épaules. Car Ernest était déjà malin. On lisait clairement dans son regard : « Tant pis ! J'ai le sifflet ! Je vais dire ce qu'on m'a commandé de dire... »

Et il récita :

— C'est rapport au missel... Je ne vous ai pas tout dit, l'autre jour, parce que vous me faisiez peur... Mais maman veut que j'avoue la vérité... On est venu me demander le missel, un peu avant la grand-messe...

N'empêche qu'il était rouge, qu'il reprit soudain le sifflet comme s'il eût craint de le voir confisqué à cause de son mensonge.

— Et qui est venu te trouver ?

— M. Métayer... Le secrétaire du château...

— Viens t'asseoir près de moi... Veux-tu boire une grenadine ?

— Oui... Avec de l'eau qui pique...

— Apporte-nous une grenadine à l'eau de Seltz, Marie... Et toi, tu es content de ton sifflet ?... Fais-le marcher...

Les croque-morts se retournèrent en entendant siffler.

— C'est ta mère qui te l'a acheté, hier après-midi, pas vrai ?

— Comment le savez-vous ?

— Combien lui a-t-on donné, hier, à la banque, à ta mère ?

Le rouquin le regarda dans les yeux. Il n'était plus pourpre, mais tout pâle. Il eut un coup d'œil vers la porte, comme pour mesurer la distance qui l'en séparait.

— Bois ta grenadine... C'est Emile Gautier qui vous a reçus... Il t'a fait répéter ta leçon...

— Oui !

— Il t'a bien dit d'accuser Jean Métayer ?

— Oui.

Et, après un temps de réflexion :

— Qu'est-ce que vous allez me faire ?

Maigret oublia de répondre. Il pensait. Il pensait que son rôle dans cette affaire s'était borné à apporter le dernier chaînon, un tout petit chaînon qui bouclait parfaitement le cercle.

C'était bien Jean Métayer que Gautier voulait faire accuser. Mais la soirée de la veille avait bouleversé ses plans. Il avait compris que l'homme dangereux, ce n'était pas le secrétaire, mais le comte de Saint-Fiacre.

Si tout avait réussi, il eût été obligé, de bonne heure, d'aller rendre visite au rouquin pour lui apprendre une nouvelle leçon.

— *Tu diras que c'est monsieur le comte qui t'a demandé le missel...*

Et le gosse répétait maintenant :

— Qu'est-ce que vous allez me faire ?

Maigret n'eut pas le temps de répondre. L'avocat descendait l'escalier, pénétrait dans la salle d'auberge, s'approchait de Maigret, la main tendue, avec un rien d'hésitation.

— Vous avez bien dormi, monsieur le commissaire ?... Excusez-moi... Je veux vous

demander conseil, au nom de mon client...
C'est fou ce que je puis avoir mal à la tête...

Il s'assit, se laissa tomber plutôt, sur le banc.

— C'est bien à dix heures que les obsèques...

Il regardait les croque-morts, puis les gens qui passaient sur la route, attendant l'heure de l'enterrement.

— Entre nous, croyez-vous que le devoir de Métayer soit de... Comprenez-moi bien... Nous nous rendons compte de la situation et c'est justement par délicatesse que...

— Je peux partir, monsieur ?

Maigret n'entendit pas. Il parlait à l'avocat.

— Vous n'avez pas encore compris ?

— C'est-à-dire que si l'on examine...

— Un bon conseil : n'examinez rien du tout !

— C'est votre avis qu'il vaut mieux partir sans... ?

Trop tard ! Ernest, qui avait repris son sifflet, ouvrait la porte et s'en allait à toutes jambes.

— Légalement, nous sommes dans une situation excel...

— Excellente, oui !

— N'est-ce pas ?... C'est ce que je disais à...

— Il a bien dormi ?

— Il ne s'est même pas déshabillé... C'est un garçon très nerveux, très sensible, comme beaucoup de jeunes gens de bonne famille et...

Mais les croque-morts tendaient l'oreille, se levaient, payaient leurs consommations. Maigret se leva aussi, décrocha son pardessus à col de velours, essuya son chapeau melon avec sa manche.

— Vous avez tous les deux l'occasion de filer à l'anglaise pendant...

— Pendant l'enterrement ?... Dans ce cas, il faut que je téléphone pour un taxi...

— C'est cela...

Le prêtre en surplis. Ernest et deux autres enfants de chœur avec leur robe noire. La croix qu'un curé de village voisin portait en marchant vite, à cause du froid. Et les chants liturgiques qu'ils lançaient en courant le long de la route.

Les paysans étaient groupés au pied du perron. On ne voyait rien à l'intérieur. Enfin la porte s'ouvrit et le cercueil parut, porté par quatre hommes.

Derrière, une haute silhouette. Maurice de Saint-Fiacre, très droit, les yeux rouges.

Il n'était pas en noir. Il était le seul à n'être pas en deuil.

Et pourtant quand, du haut du perron, il laissa errer son regard sur la foule, il y eut comme une gêne.

Il sortait du château, sans personne à ses côtés. Et tout seul il suivait la bière...

De la place où il était, Maigret apercevait la

maison du régisseur qui avait été la sienne et dont portes et fenêtres étaient closes.

Les persiennes du château étaient closes aussi. Dans la cuisine, seulement, des domestiques collaient leur face aux vitres.

Un bruissement de chants sacrés presque étouffés par les pas qui faisaient grincer le gravier.

Les cloches qui sonnaient à toute volée.

Deux regards se rencontrèrent : celui du comte et celui de Maigret.

Est-ce que le commissaire se trompait ? Il lui sembla que sur les lèvres de Maurice de Saint-Fiacre flottait une ombre de sourire. Non pas le sourire du Parisien sceptique, du fils de famille décavé.

Un sourire serein, confiant...

Pendant la messe, tout le monde put entendre la corne grêle d'un taxi : une petite crapule qui fuyait en compagnie d'un avocat abruti par la gueule de bois !